D0974596

LAS AVENTURAS DE KATANA EN SUPER HERO HIGH

LISA YEE

montena

Las aventuras de Katana en Super Hero High

Título original: *Katana at Super Hero High*

Primera edición en España: junio de 2017
Primera edición en México: agosto de 2017

Penguin Random House Grupo Editorial, S. A. U.
Travessera de Gràcia, 47-49, 08021, Barcelona

www.megustaleer.com.mx

ISBN: 978-607-31-5662-2

Impreso en México – *Printed in Mexico*

El papel utilizado para la impresión de este libro ha sido fabricado a partir de madera procedente de bosques y plantaciones gestionadas con los más altos estándares ambientales, garantizando una explotación de los recursos sostenible con el medio ambiente y beneficiosa para las personas.

Penguin
Random House
Grupo Editorial

PRÓLOGO

—Vamos, súpers, que empiece ya la fiesta —dijo Harley Quinn alegremente. Las coletas rubias le ondeaban arriba y abajo cada vez que completaba una triple voltereta hacia atrás. La proeza era más que asombrosa, ya que, además, en una mano sostenía un gran mazo y en la otra su inseparable cámara de video.

Harley dio una vuelta sobre sí misma y a continuación enfocó la cámara hacia Batgirl, la más reciente ganadora del galardón de Héroe del Mes. Teniendo en cuenta que Super Hero High albergaba a muchos de los mejores superestudiantes del universo, éste era uno de los premios más importantes al que podía aspirar un adolescente.

—Me gustaría esperar a Katana —dijo Batgirl, consultando su reloj. Luego se ajustó el cinturón multiusos amarillo que llevaba siempre atado a la cintura. Una nunca sabía cuándo iba a necesitar un desarmador láser para reconfigurar el circuito interno de Cyborg, un Batbúmeran para desbaratar un crimen o una pistola trampa para retener a un villano mutante contra la pared.

—Como quieras, Batgirl, es tu fiesta —dijo la chica que lucía una gran ese en el suéter—. ¡Ups...!

—¡Cuidado! —avisó Cheetah a los demás cuando Supergirl tropezó con las agujetas de sus propios zapatos. Aunque era probablemente el ser más poderoso de la Tierra, a Supergirl le sucedían a menudo este tipo de cosas. Chocó con Raven, que fue a impactar contra Frost, quien estuvo a punto de caerse sobre Star Sapphire. Pero ella se apartó ágilmente y, sonriendo, se ajustó el anillo de poderes de color púrpura que llevaba en el dedo, como si no hubiera pasado nada.

Supergirl se levantó y recuperó grácilmente la posición vertical. Roja de vergüenza, sonrió con resignación y se aseguró de que Raven y Frost estaban bien. Las chicas respondieron con un gesto bondadoso. Por suerte, Supergirl había adquirido un mayor control sobre sus poderes en el tiempo que llevaba en Super Hero High, y estos episodios de torpeza eran cada vez menos frecuentes.

Mientras tanto, Wonder Woman y Bumblebee estaban sentadas a la mesa, haciendo con unos platos de cartón negro y unas copas amarillas el logotipo de Batgirl..., aunque, en lugar de un murciélago, más bien parecía un tosco gatito.

—Ojalá hubiera llegado ya Katana —dijo Wonder Woman—. En este tipo de cosas es mucho mejor que nosotras.

—¿Dónde está el pastel? —preguntó Big Barda al entrar en la habitación de Batgirl, más conocida como Bat-Búnker. En la residencia, cada superhéroe tenía su propio dormitorio, con una sala de estar compartida en la zona central. Batgirl había convertido su espacio en un oscuro cuartel general tecnológico—. ¡Me dijeron que habría pastel! –insistió Barda, mirando los platos vacíos–. ¿Llego demasiado tarde? El pastel es mi comida favorita, después del puré de papas, claro.

–Katana lo ha ido a buscar al Capes & Cowls Café –dijo Wonder Woman–. Voy a ver si necesita ayuda. –Pasó las copas de cartón a Bumblebee–. ¡Vuelvo enseguida!

Antes de que Bumblebee terminara el logo de Batgirl, Wonder Woman ya había volado hasta el Capes & Cowls, haciendo un alto en el camino para usar su Lazo de la Verdad para acorralar a un trío de maleantes que intentaba secuestrar un camión de helados.

–¡Hola, Steve! –saludó Wonder Woman. Se apartó la espesa mata de cabello negro de la cara y se ajustó la tiara dorada con una estrella roja bordada en la parte delantera.

Como de costumbre, el Capes & Cowls estaba lleno a rebosar. El camarero, un chico desgarbado que llevaba un lápiz detrás de la oreja, se había sonrojado. Era algo que le sucedía cada vez que Wonder Woman aparecía.

–¿Le ha gustado? –preguntó.

–¿El qué? –dijo Wonder Woman, dándole vigorosamente la mano, sin ninguna intención de soltarla. Aunque el chico no tenía tanta fuerza como ella, a la superheroína le encantaba su manera de mover la cabeza arriba y abajo, como si estuviera de acuerdo con ella y quisiera decírselo una y otra vez.

–¿Le ha gustado a Batgirl el pastel que le preparé? –dijo Steve, flexionando la mano hasta que volvió a recuperar la sensibilidad de los dedos. Como Wonder Woman se le había quedado mirando y parpadeando sin parar, continuó con los detalles—. De siete capas. Glaseado con mantequilla morada y negra y azúcar caramelizada. Con un gran logotipo de Batgirl encima. Katana lo ha entregado, ¿verdad?

—¿Katana ha venido aquí y se ha ido? —preguntó la superheroína.

Un atisbo de preocupación se dibujó en el rostro de Steve al responder:

—Se fue hace más de una hora, y dijo que regresaba directamente a Super Hero High. Me explicó que no quería llegar tarde a la fiesta, y todos sabemos lo puntual que siempre es...

Antes de que pudiera terminar la frase, Wonder Woman ya no estaba.

Cuando Wonder Woman llegó de nuevo a la fiesta, todo el mundo se concentró alrededor de ella.

—No sé cómo decirlo —empezó—, pero...

—Pero ¿qué? —la presionó Supergirl.

—Katana —continuó Wonder Woman—. ¡Steve dice que recogió el pastel hace más de una hora y que volvía directamente aquí!

Batgirl resopló. Harley se había quedado sin habla. Hasta Cheetah parecía preocupada. Por fin, Bumblebee verbalizó lo que era obvio para todos.

—Esto no es nada propio de ella —dijo—. Katana nunca llega tarde. ¡Debe de haber pasado algo terrible!

PRIMERA PARTE

CAPÍTULO 1

De repente, la fiesta de celebración en honor a Batgirl se convirtió rápidamente en una brigada de rescate.

¡Katana había desaparecido! La situación era grave. La superheroína experta en artes marciales tenía la reputación entre todos los estudiantes de Super Hero High de llegar siempre puntual. Muchas veces incluso antes de lo acordado. Pero ¿llegar tarde? ¡Nunca! ¡Jamás! ¡Nunca jamás!

En el Bat-Búnker, Batgirl se sentó a los mandos de su elaborado sistema informático, bajo la atenta mirada de los demás.

—Voy a intentar localizarla —explicó mientras manejaba el teclado con la precisión y la gracia de un concertista de piano. Enseguida, las pantallas de la computadora desprendieron un resplandor azulado, y aparecieron unas imágenes de los terrenos del instituto y de la zona adyacente.

Para entonces, el Bat-Búnker ya estaba atestado de estudiantes preocupados. Las noticias corrían muy deprisa en Super Hero High, y sus alumnos tenían fama de unirse como un muégano cuando uno de los suyos estaba en peligro.

—¡Sociedad de Detectives Junior, al habla! —anunció Hawkgirl. En un nanosegundo, The Flash ya estaba a su lado, junto a Poison Ivy, que llevaba en la mano un cesto enorme cargado de preciosos tulipanes, margaritas y rosas. Era la encargada de llevar las flores a la fiesta y, después de haber entregado la primera remesa, había salido a buscar más. Tenía la mitad del pelo rojizo engalanado con margaritas. Al enterarse de la desaparición de Katana, Ivy había salido corriendo sin preocuparse por arreglar la otra mitad.

Batgirl hizo un gesto a sus compañeros detectives, satisfecha de contar con ellos. Eran famosos por resolver todo tipo de misterios, desde descubrir quién se había comido el último trozo de pastel de chocolate (Beast Boy), hasta localizar el escondrijo de un villano malvado (el planeta Xolnar). Hacía poco, la Sociedad de Detectives Junior había ayudado a Batgirl a identificar y capturar a Calculator, un villano adolescente experto en tecnología que tramaba colapsar la red mundial y tomar el control del planeta.

Al instante, la Sociedad de Detectives Junior comenzó a entrevistar a todo aquel que pudiera tener alguna pista sobre el paradero de Katana. La sala hervía de teorías, rumores y una gran cantidad de pistas falsas.

—Es probable que se le haya caído el pastel al suelo y le dé vergüenza reconocerlo —dijo Cheetah a The Flash.

—Tal vez haya sido secuestrada por Croc —opinó Big Barda cuando Poison Ivy le preguntó, mientras balanceaba su Mega Rod, haciendo que varios súpers tuvieran que agacharse o saltar para esquivarla–. He oído decir que vuelve a andar suelto.

–Es posible que se haya entretenido en el Museo de Arte de Metrópolis –comentó Arrowette a Hawkgirl–. Acaban de inaugurar una nueva exposición.

–Está aquí –susurró Miss Martian, tan bajito que sólo Supergirl pudo escucharla–. Katana está cerca.

–¿Dónde? –preguntó Supergirl–. ¡Atención todos! Miss Martian ha detectado algo.

Las conversaciones se apagaron y los súpers se amontonaron alrededor de la tímida extraterrestre verde venida de Marte. Supergirl se dio cuenta de que Miss Martian se estaba volviendo invisible, como solía hacer cuando tenía vergüenza, cosa que pasaba la mayor parte del tiempo.

–No te vayas –le suplicó–. ¡Te necesitamos! ¡Explícanos lo que sabes!

Miss Martian cerró los ojos para protegerse de los que la observaban. Aunque tenía la capacidad de leer el pensamiento de los demás, siempre le incomodaba la atención que esto le acarreaba.

Batgirl le tomó la mano y se la apretó con suavidad.

–No pasa nada –le aseguró a su amiga–. Haz como si no estuviéramos aquí. Piensa en Katana.

Wonder Woman vio que todos miraban fijamente a Miss Martian, que una vez más había hecho el amago de desvanecerse.

–¡Por favor, despejen la sala! –gritó la superheroína con alma de líder–. Dejemos respirar un poco a Miss Martian.

Los chicos y las chicas fueron saliendo a pie, volando o dando volteretas del Bat-Búnker, y Miss Martian volvió a aparecer otra vez. Tenía el ceño fruncido, como si estuviera muy concentrada.

—Estoy recibiendo una señal de Katana —dijo—. Pero es débil.

Batgirl suspiró aliviada.

—¡Está viva! —dijo, poniendo en palabras lo que los demás estaban pensando. El peligro era un ingrediente constante en la existencia de los superhéroes. Se salvaban vidas, pero también se ponían otras en peligro.

—Katana está en el edificio —añadió Miss Martian. Frunció sus delicados rasgos mientras intentaba concentrarse.

Batgirl se inclinó hacia ella.

—¿Estás captando el mensaje? ¿Qué puedes decirnos? —dijo con suavidad.

—Esto no tiene sentido —contestó Miss Martian, negando con la cabeza—. Está cerca, pero está lejos. ¿Está debajo de nosotros? —De pronto, abrió los ojos y se puso a temblar—. ¡Katana está en peligro!

Batgirl jadeó.

—¿Debajo de nosotros? ¡Tal vez en los túneles secretos!

—¿Los qué? —preguntó Supergirl, que volaba en círculos nerviosos alrededor de la habitación.

—Creía que sólo eran una leyenda urbana —dijo Poison Ivy.

—A veces, las leyendas se basan en hechos reales —comentó Wonder Woman—. Batgirl, tú que conoces bastante los túneles, bajarás a buscar a Katana. Yo convocaré a los demás miembros de la Sociedad de Detectives Junior y volveremos al Capes & Cowls para tratar de conseguir más pistas.

—Me parece un plan excelente —dijo Batgirl. Pero Wonder Woman ya había desaparecido.

Cuando el resto de los súpers procedieron a despejar la sala, cuatro de ellos permanecieron en ella. Batgirl se volvió hacia Miss Martian. Estaba agotada. Supergirl sonrió y abrazó a la chica verde, intentando no aplastarla, y Poison Ivy le regaló una flor.

Batgirl se sentó ante la computadora y se puso a consultar mapas de catacumbas y pasadizos extraños y tortuosos. Utilizando un programa BAT especial, consiguió unir los documentos. Luego pulsó «Guardar» y los descargó en la computadora que llevaba en la muñeca.

—Estoy intentando acceder a los archivos de Metrópolis. Se remontan a más de cien años atrás, pero sólo algunos han sido digitalizados —explicó Batgirl—. Miss Martian, puedo conseguir que accedamos a la zona subterránea, pero necesitaré tu ayuda para encontrar a Katana. ¿Estás dispuesta?

Batgirl, Supergirl y Poison Ivy se quedaron mirando a la súper venida de Marte, cuyas mejillas de piel verdosa se habían puesto más rojas que su cabello. Batgirl era incapaz de discernir si estaba asustada, emocionada o, lo que era más probable, ambas cosas.

—Tranquila —la calmó Supergirl—. Vamos a hacerlo juntas.

Poison Ivy le entregó un híbrido de rosa naranja para «hacerla sentir mejor». Miss Martian inhaló la fragancia perfumada.

—De acuerdo —dijo en voz baja, pero con decisión—. Estoy dispuesta.

—¡Vamos a buscar a Katana! —gritó Supergirl, que ya había salido por la puerta y se alejaba por el pasillo.

—¡Eh, Supergirl! —la llamó Batgirl.

—¡¿Sí?!

—Te has equivocado de dirección.

—¡Vaya! Tal vez deberías guiar tú —sugirió Supergirl.

—Y Miss Martian —recordó Batgirl a las demás—. Sin ella, no conseguiremos nada.

—¿Avisamos a la directora Waller? —preguntó Poison Ivy.

—No —dijo Miss Martian, con más energía que de costumbre. Las otras se quedaron heladas—. No —repitió, volviéndose hacia sus amigas. Parecía asustada—. Tenemos que darnos prisa. ¡No hay tiempo que perder!

CAPÍTULO 2

Siguiendo el mapa, la brigada de rescate atravesó la biblioteca, recorrió el pasillo, pasó por la habitación desordenada de Beast Boy, rodeó el huerto orgánico de Ivy, dejó atrás la zona de pruebas de detonación de la clase de Armamentística del profesor Lucius Fox, y volvió a entrar en el edificio.

El equipo de rescate, formado por Batgirl, Supergirl, Poison Ivy y Miss Martian, se quedó mirando fijamente una pequeña puerta marrón que había junto a la cafetería. Llevaba allí toda la vida y, sin embargo, nadie había reparado nunca en ella. Todos suponían que era allí donde Parasite, el conserje, guardaba los accesorios de limpieza. En la puerta había un cartel escrito a mano con su letra inconfundible, que decía:

NO PASAR.
O ATENERSE A LAS CONSECUENCIAS.
SÍ, ME REFIERO A USTEDES.
HABLO EN SERIO.

Supergirl agarró el picaporte, dispuesta a sacar la puerta de los goznes si era necesario. Pero el pomo giró con facilidad y la puerta se abrió, emitiendo un pequeño crujido. Todas dudaron un instante antes de seguir a Batgirl, que ya se había internado en la oscuridad.

Siempre preparada, la supergenio en tecnología iluminó el laberinto de túneles con su Batlinterna. Aun así, el haz de luz no alumbraba todos los rincones. Era un lugar frío y húmedo, y en algunos puntos el agua goteaba de los techos bajos. Los túneles olían como una playa llena de algas en descomposición.

Con Batgirl al frente y Miss Martian caminando a su lado, las súpers serpentearon por túneles y cavernas. Se toparon con tantos callejones sin salida que Poison Ivy decidió ir dejando pétalos a su paso para poder encontrar luego el camino de vuelta.

—Antiguamente, estos túneles se utilizaban para entrar y salir de Metrópolis sin que nadie lo supiera —explicó Batgirl—. Algunas pruebas demuestran que en tiempos se usaron como acueductos para llegar al mar, y otras sugieren que algunos súpers, espías e incluso el gobierno han utilizado estos pasadizos para esconder secretos, tesoros y también personas.

—¡Este sitio da muy mala vibra! —declaró Ivy mientras seguían avanzando—. ¡Está lleno de puertas y túneles que salen hacia todas las direcciones! Creo que prefiero no saber lo que hay aquí abajo.

Miraba fijamente otra puerta cerrada a piedra y lodo.

El grupo se detuvo cuando Batgirl preguntó a Miss Martian:

—¿Recibes algún pensamiento de Katana a través de esta puerta?

Se habían detenido delante de todas las puertas; Supergirl usaba la visión de rayos X y Miss Martian trataba de detectar a alguien o alguna cosa. Hasta ese momento, todas las habitaciones estaban vacías.

La chica verde negó con la cabeza.

—Ya no recibo ninguna señal —dijo, preocupada.

—¿Han oído eso? —preguntó Supergirl, agachando la cabeza.

—Yo no oigo nada —contestó Batgirl.

Poison Ivy sacudió la cabeza.

—Yo tampoco.

—Deben de ser imaginaciones mías —dijo Supergirl—. Por un instante me pareció que había oído un ruido. Un zumbido raro y escalofriante, como si saliera de una radio mal sintonizada.

—Supergirl, ¿puedes ver lo que hay al otro lado de la puerta? —preguntó Batgirl, devolviéndola a la tarea que tenían entre manos.

La poderosa súper venida del planeta Krypton se colocó en posición y se concentró en usar su visión de rayos X.

—Echemos la puerta abajo —dijo, sin esperar a que las otras dieran su aprobación o le ofrecieran ayuda—. ¡Esta habitación parece llena de pistas!

Sin ninguna dificultad, arrancó la puerta de madera gastada de sus goznes y la apoyó contra la pared. Las demás se quedaron atónitas al ver lo que tenían delante. ¡Parecía un museo! Había estanterías llenas de recuerdos, viejos trajes de superhéroe, un botín de armas antiguas y fotos borrosas de algunos profesores cuando todavía eran alumnos de Super Hero High. Un gigantesco cuadro de terciopelo de Crazy Quilt vestido con un vistoso traje multicolor descansaba sobre un montón de capas polvorientas que llevaban bordadas las iniciales «RT».

—Tal vez pertenecieron a Red Tornado —dijo Supergirl, refiriéndose al instructor de vuelo.

Las chicas empezaron a revisar las cajas y los cajones. Entonces Supergirl gritó:

—¿Qué haces tú aquí?

Las otras se volvieron hacia la puerta.

—¿De qué va todo esto? —preguntó Beast Boy. Mordisqueaba un trozo de pastel y tarareaba una canción del Pop 40.

—¡Morado y negro! —exclamó Batgirl al ver los restos de glaseado que le manchaban la cara.

—¡Es el pastel que Katana recogió en Capes & Cowls! —aulló Poison Ivy, señalando lo que el chico tenía en las manos.

—¡Beast Boy! ¿De dónde lo has sacado? —quiso saber Supergirl.

—¡Eh! Tranquilas, tranquilas... —respondió él, empujando a las chicas—. Coman un trozo. ¡Hay de sobra para todo el mundo!

—Hablo en serio —dijo Batgirl—. Katana fue a buscar el pastel para mi fiesta a la cafetería donde trabaja Steve Trevor. Tenemos razones para creer que corre peligro.

Beast Boy se quedó muy serio.

—¡No lo sabía! Arriba vi una puerta marrón muy extraña que estaba abierta. Olía a pastel, de modo que me transformé en sabueso y bajé a husmear. Encontré el pastel y tomé un trozo. Luego, al intentar volver, me desorienté y seguí los pétalos de flores.

—Idea mía —dijo Poison Ivy, con modestia.

—Beast Boy, enséñanos dónde has encontrado el pastel —dijo Batgirl—. Y date prisa. La vida de Katana podría depender de esto.

—A ver si me acuerdo... ¡Esto es como un laberinto!

Estaban avanzando por pasadizos cada vez más oscuros y estrechos cuando, de pronto, Miss Martian se llevó la mano a la sien. Abrió desmesuradamente los ojos y señaló la oscuridad.

—Siento los pensamientos de alguien —dijo. Hablaba con voz potente—. ¡Oh no! Es Katana, está...

CAPÍTULO 3

Dos horas antes...

—¡Es magnífico! —dijo Katana a Steve Trevor. El chico sostenía orgulloso un pastel maravilloso y altísimo como una torre, de color morado y negro—. Me gusta especialmente el logotipo de Batgirl en la parte de arriba.

—Gracias —dijo Steve, encantado—. Es de azúcar caramelizada. ¡No voy a decirte cuántos he tenido que dibujar hasta que me salió perfecto! Por cierto, ¿Wonder Woman irá a la fiesta?

Katana se había ofrecido de voluntaria para recoger el pastel para la fiesta en que Batgirl iba a celebrar su elección como Héroe del Mes. Steve estaba enamorado de una de sus mejores amigas, Wonder Woman, y Katana solía burlarse de ambos. Aunque él no era un superhéroe, Wonder Woman estaba convencida de que lo era, porque cada vez que se sonreían, ella notaba que le flaqueaban las rodillas.

Steve era un buen chico, a diferencia de los de la Carmine Anderson Day School, que se sentaban en medio de la cafetería y se dedicaban a tirarse comida, rayos láser y témpanos de hielo entre ellos y a cualquiera que se atreviera a mirarlos. Por eso, el nombre abreviado de la escuela, CAD Academy, se interpretaba como Criminals and Delinquents.

—No te preocupes. Le diré a Wonder Woman que tú hiciste el pastel —lo tranquilizó Katana.

En ese momento, Captain Cold intentó congelarla, pero ella se agachó. A continuación, cuando el otro le lanzó un témpano, Katana sostuvo el pastel con una mano por encima de la cabeza y, con la otra, desenvainó la espada para desviar el hielo, cortándolo en cubos perfectos que cayeron limpiamente dentro de los vasos de limonada de una mesa cercana.

—Tendrás que mejorar un poco si quieres sorprenderme con la guardia baja —le dijo Katana a Captain Cold, provocándolo. Tomó un portavasos y lo tiró como si fuera una estrella ninja. El portavasos surcó el aire hasta impactar contra la hamburguesa que el chico tenía en la mano, haciendo que le cayera sobre su regazo.

Captain Cold se quedó mirando a Katana mientras sus amigos se partían de la risa.

Ella sonrió. Era divertido poner a los abusivos en su lugar.

Como no quería llegar tarde, salió corriendo hacia el instituto. Wonder Woman y Bumblebee se encargaban del resto de las cosas para las botanas y de la decoración. Poison Ivy llevaría las flores, por supuesto. ¡Pero el pastel era la pieza central de la celebración! Katana estaba nerviosa. Le encantaban las fiestas desde que era pequeña. Recordaba a su abuela, que era capaz de convertir el almuerzo más aburrido de sólo dos personas en una fiesta fabulosa, contando cuentos, cantando y sonriendo con una alegría tan grande que iluminaba toda la habitación.

De camino a Super Hero High, Katana iba prácticamente bailando, lanzando patadas y luchando contra enemigos imaginarios para proteger el pastel. ¡Steve se había superado a sí mismo! El pastel era espléndido. ¡Batgirl se llevaría una buena sorpresa!

Al acercarse a la icónica Torre Amatista de Super Hero High, Katana notó que la invadía una extraña sensación. ¿Sería por el almuerzo? A veces, la ensalada de ambrosía hacía que se sintiera así, sobre todo cuando iba muy cargada de cerezas al marrasquino. A Katana le encantaban las cerezas al marrasquino.

No, no. Esto era diferente. Tenía una sensación de incomodidad en el estómago. Entró en el edificio. Al dirigirse al Bat-Búnker para unirse a la fiesta, pasó junto a un pequeño portal contiguo al comedor. ¿Cómo era posible que nunca hubiera reparado en él? La puerta, pequeña y robusta, parecía fuera de lugar en los pasillos nuevos y relucientes de Super Hero High. Un cartel escrito a mano con la letra irregular de Parasite advertía: NO PASAR. Debajo, con la letra más pequeña, como si lo hubiera pensado a posteriori, había añadido: O ATENERSE A LAS CONSECUENCIAS. SÍ, ME REFIERO A USTEDES. HABLO EN SERIO.

Picada por la curiosidad, Katana giró el picaporte oxidado. ¡No estaba cerrado con llave! La puerta se abrió con facilidad. No obstante, consciente de que debía ir a la fiesta, decidió volver más tarde para ver lo que encontraba. Pero entonces algo o alguien la llamó en voz baja.

—Katana... —Creyó oír su nombre en susurros—. Katana...

¿Qué era aquello?

¿Qué estaba pasando?

Se distrajo del todo y olvidó que la estaban esperando. Todavía con el pastel en las manos, se aventuró más allá del portal. Una brisa salada y fría le echó atrás la cabellera negra, y entornó los ojos para intentar adaptarlos a la oscuridad. A lo largo de todo el pasillo parpadeaban unos débiles focos, que proyectaban pequeñas ráfagas de luz y sombras. Aunque el pasillo serpenteaba, a veces incluso en círculos, Katana se adentró en él como si supiera adónde se dirigía, como si se sintiera atraída hacia un paradero desconocido.

Por fin, con el corazón latiendo a mil por hora, se encontró frente a una pesada puerta metálica cubierta de óxido y de crustáceos y provista de una docena de cerraduras. Aquí, el aroma salado del aire era todavía más pronunciado. Katana dejó el pastel en el suelo. Seguía estando intacto.

Las cerraduras eran verdaderos rompecabezas. Se quitó el pasador de pelo lacado en rojo y se puso manos a la obra. Con una precisión asombrosa, insertó el pasador en cada cerradura, girando, escuchando, liberando, abriendo. Siempre se le habían dado bien los laberintos y los rompecabezas. Por fin, la última cerradura quedó abierta. Ahora las manos de Katana se habían puesto a temblar. Tenía el pulso acelerado. Ni siquiera estaba segura de qué estaba haciendo en el subsuelo del instituto, pero había algo que seguía impulsándola a seguir hacia delante.

Katana tomó aire para tranquilizarse, y enseguida empujó con todas sus fuerzas la pesada puerta, que se abrió como si le diera la bienvenida. Tras cruzar el umbral, desenfundó la espada y dejó atrás el pastel. El ancho pasillo estaba oscuro, con un único punto de luz en la lejanía. Anduvo por una cornisa estrecha antes de saltar a un pasadizo que parecía un túnel interminable. La brisa fría le azotaba la cara. Se quedó inmóvil, agradeciendo la calma. Pero las cosas no iban a continuar así demasiado tiempo.

Katana lo oyó antes de poder verlo. Fue un zumbido enorme, que crecía con cada latido del corazón. Aunque Captain Cold no podía estar cerca, la chica se quedó helada; no podía creer lo que veía.

Un alto muro de aguas negras avanzaba por el túnel en su dirección. Cargadas de esquirlas plateadas, relucían, cegaban e hipnotizaban a Katana al mismo tiempo. Con el agua amenazando con tragársela, la joven trató de pedir ayuda, pero aunque hubiera podido gritar, ¿quién la habría oído? Estaba en las profundidades de los túneles subterráneos de Super Hero High...

CAPÍTULO 4

La enorme onda de agua amenazaba con alcanzar a Katana. Había visto este tipo de olas sólo una vez en su vida, cuando un tsunami había devastado prácticamente el pueblo costero de Japón de donde procedía. No había tiempo para escapar. Katana se preparó. Gracias a los entrenamientos, sabía cómo mantenerse firme y al mismo tiempo acoplarse a las fuerzas que se abalanzaban sobre ella. Inspiró profundamente cuando el agua fría estaba a punto de derribarla, y enseguida se sumergió en un torbellino negro y plateado. Asustada e intrigada a la vez, con el agua girando en círculos a su alrededor, Katana contempló horrorizada que el nivel iba subiendo hasta llegarle a la cintura y que los destellos que se veían en la superficie eran de hojas metálicas plateadas y afiladas.

Sin embargo, parecía que estuviera rodeada por un sello protector. Las olas empezaban a calmarse; las cuchillas no llegaron a tocarla. En vez de esto, dibujaron un círculo a unos centímetros de distancia, casi como si la protegieran. Katana estaba tan concentrada que no oyó los gritos.

—¡Miren! ¡El pastel!

—¡Debe de estar cerca!

—¿Katana? Katana, ¿dónde estás? ¡Ya vamos!

—¡Katana! —gritó Batgirl desde la cornisa que corría en paralelo al túnel inundado—. ¿Estás bien?

La superheroína experta en artes marciales alzó la vista, sorprendida al ver a sus amigos mirándola con expresión de asombro.

—¡No se acerquen más! —les advirtió, y añadió a modo de explicación—: ¡Cuchillas!

Todos se quedaron mirando el agua, que iba reduciendo su velocidad hasta detenerse del todo. Katana notó que el corazón le latía muy rápido cuando las cuchillas revolotearon a su alrededor con peligrosa elegancia.

—¿No podrían ser...? Parecen... Pero es imposible.

Con mucha cautela, alargó la mano para tomar una y la sacó del agua. La blandió en el aire, y los otros se miraron sin entender nada.

—¡Son espadas! —exclamó Poison Ivy—. Katana, estás rodeada de espadas.

Pero no eran unas espadas cualesquiera. No, las espadas que rodeaban a la superheroína estaban trabajadas, con las empuñaduras labradas en teca y oro. Piedras preciosas y metales adornaban algunas de ellas, y todas eran distintas, piezas únicas, auténticas obras maestras.

Sin atreverse todavía a realizar ningún movimiento rápido, Katana observó la gaviota verde que sobrevolaba la escena. Era Beast Boy.

—Miren —dijo el chico, indicando una espada que había emergido y flotaba sobre el agua. En el filo, transportaba una caracola.

Katana se agachó para recogerla y luego la observó. Le recordaba algo. Cuando era más joven, solía pasear por la playa cerca de Tottori, la prefectura costera donde residía su familia. Le encantaba recoger caracolas, vieiras, nautilos y, a veces, alguna estrella de mar.

Cuando tuvo la concha reluciente en la palma de la mano, pensó que le recordaba la parte superior de un cucurucho de helado. La parte exterior estaba formada por capas de color rosa y marrón de tonos delicados, bordeadas por un círculo de protuberancias. Por dentro, relucía un color rojo anaranjado. Aunque ésta era más pequeña que las que había recogido de niña, era muy bonita. La chica guardaba su colección de conchas en el armario de su casa. Su abuela solía decir: «Estas conchas fueron una vez el hogar de caracoles marítimos. Pero cuando los caracoles desaparecen, las conchas permanecen, recogiendo historias, recuerdos y tesoros. Por todo ello, es necesario escuchar con atención para aprender sus secretos».

—Escucha con atención —dijo Miss Martian.

—¿Cómo? —preguntó Katana. Ni siquiera se había dado cuenta de que la superheroína proveniente de Marte estaba escondida detrás de Supergirl.

—Escucha la caracola —continuó Miss Martian con los ojos cerrados—. Quiere decirte algo.

Poison Ivy y Supergirl se miraron. Parecía que Miss Martian estaba en la misma onda que Katana.

Ésta obedeció y se llevó la concha al oído. No se oía nada, ni siquiera el zumbido hueco que normalmente se escucha en una caracola. Cuando estaba a punto de dejarla, Miss Martian repitió:

—¡Escucha la caracola!

Avergonzada por su propio arrebato, la tímida chica verde empezó a desvanecerse lentamente hasta desaparecer por completo.

La gaviota Beast Boy se posó sobre el hombro de Supergirl.

—Qué cosa tan rara —comentó mientras le picoteaba el cabello.

—¡Déjame! —dijo ella, sacándoselo de encima.

—Creo que deberías volver a intentar escuchar la caracola —sugirió Batgirl a Katana. Ésta asintió y se la volvió a llevar al oído. Todo el mundo guardaba silencio. Incluso Beast Boy.

La súper asiática tenía los ojos muy abiertos. La caracola empezó a susurrarle al oído.

—No entiendo nada —dijo, escuchando con atención—. Creo que se trata de una especie de acertijo.

—¿Qué te ha dicho? —preguntó Supergirl.

—Ha dicho:

Con estas espadas samuráis
confiadas a Katana
se desarrolla la historia.

—¿Quién hablaba? ¿Una voz masculina o femenina? —preguntó Batgirl.

—No he podido distinguirlo. —Katana negó con la cabeza—. Era casi imperceptible, tuve que escuchar con mucha atención para entender. Sé que les parecerá raro, pero era como si el mar me estuviera hablando.

—¡Qué fabuloso! —dijo Beast Boy—. Es muy fantástico. ¡Yo también quiero hablar con el mar!

—Puedes hablar con el mar cuando quieras —señaló Supergirl—. Conseguir que te responda ya es más complicado.

—La caracola ha dicho «Se desarrolla la historia». ¿A qué historia se refiere? —preguntó Poison Ivy.

—¿Y por qué me han confiado las espadas a mí? —se preguntó Katana en voz alta. Todavía dentro del agua, vadeó lentamente el túnel hacia los otros, esquivando las espadas con mucho cuidado—. Batgirl, ¿tú qué opinas?

La súper experta en tecnología se inclinó desde la cornisa seca y tomó la concha de las manos de Katana.

—Es un verdadero misterio —dijo, mientras tomaba fotos y radiografiaba la caracola con las microherramientas de su cinturón multiusos.

—¡Tengan cuidado, no las rompan! —gritó Katana a Supergirl. Volando por encima del agua, iba pescando las espadas y entregándolas a Poison Ivy para que las alinease en la cornisa y Batgirl pudiera catalogarlas todas.

—No podemos dejarlas dentro del agua —dijo Batgirl.

—No sé en qué estado se encuentran —añadió Katana—. Parecen piezas de anticuario.

Beast Boy recogió los restos del pastel de Batgirl y se sentó con las piernas cruzadas en la cornisa, como si fuera un osezno.

—¡Debe de haber trescientas espadas!

—Cien —corrigió Batgirl cuando la última de ellas fue sacada del agua—. Hay cien espadas.

—Debo protegerlas —dijo Katana a nadie en especial.

—¿De qué? —preguntó Beast Boy, lamiendo los restos de pastel que tenía en la pezuña verde.

—La caracola intenta decirme algo —continuó la joven.

Con estas espadas samuráis
confiadas a Katana
se desarrolla la historia.

—Es un haiku —explicó.

—¿Un hai-qué? —preguntó Beast Boy, con la boca llena de pastel—. Oye, Batgirl, ¿quieres un poco? ¡Es delicioso!

—¡Un haiku, por supuesto! —dijo Batgirl, y añadió mirando al chico—: Un haiku es un poema japonés de tres versos.

Katana contemplaba las espadas.

—Tenemos que encontrar un lugar seco y limpio para almacenarlas —dijo—. No tengo ni idea de cuánto tiempo han pasado en el agua, y la humedad del túnel puede oxidarlas.

—Tienes razón —dijo Batgirl—. Debemos guardar las espadas en un lugar seguro. Supergirl, mira el mapa. Tiene que haber una sala sellada dos niveles más arriba, en dirección sudoeste. ¿Puedes ir a comprobarlo?

Pero antes de terminar de formular la pregunta, la superheroína kryptoniana ya había ido y vuelto.

—Es perfecto —informó—. Quité los sellos de clausurado de la sala y la limpié. Ahora sólo tenemos que trasladar las espadas.

No tardaron demasiado en transportar las espadas a su destino. Katana les echó un último vistazo antes de que Batgirl asegurara la puerta con un candado.

—Por si acaso —dijo—. Las guardaremos en esta sala hasta que averigüemos por qué están aquí y a quién pertenecen.

Gracias al caminito de pétalos de Poison Ivy, los súpers consiguieron salir de los pasadizos oscuros y volvieron a la residencia.

—¡Katana! —Hawkgirl y The Flash dieron un grito cuando el grupo entró por fin en el Bat-Búnker—. ¡Estás bien!

La chica les dirigió una pequeña sonrisa.

—¡Estoy bien! —dijo, esperando que fuera verdad. Las cavernas, el muro de agua, las espadas... ¿Qué significaban?

—¡Oye! ¿Dónde has estado? —preguntó Harley, un poco intrigada.

—¿Alguien quiere pastel? —dijo Beast Boy, ofreciendo lo que quedaba. Se dio un golpecito en la barriga y añadió mirando a Supergirl—: Oh, ¿por qué me dejaste comer tanto?

—Yo no... —empezó a decir ella.

—Y bien, ¿dónde has estado? —repitió Harley. Conectó la cámara de video—. ¡Te estábamos buscando!

—No lo van a creer —empezó Beast Boy.

—¡Estábamos jugando a las escondidas! —dijo Katana, cortándolo.

—¡Ah! —gritó Harley—. A mí se me da muy bien. ¡La próxima vez invítenme!

—¡Pero no estábamos...! —empezó a protestar Beast Boy.

Katana lo llevó a un lado.

—Estamos ante un verdadero misterio. Mantengámoslo en secreto de momento. Hasta que sepamos más cosas. Será más fácil que las espadas permanezcan a buen recaudo si sólo nosotros sabemos dónde están. Además, ¡todavía tenemos que celebrar la fiesta en honor de la Superheroína del Mes! —dijo Katana, sonriendo a Batgirl.

CAPÍTULO 5

Aquella noche, Katana vio aterrorizada cómo un océano de agua se abalanzaba sobre ella. Se incorporó para tomar aliento, y entonces se dio cuenta de que se había despertado con un sudor frío. Intentó calmarse, como había aprendido a hacer cuando era pequeña. Hacía siglos que no tenía aquella pesadilla.

En el sueño, su abuela, Onna-bugeisha Yamashiro, desaparecía y, por mucho que Katana rezara y suplicara, nadie quería decirle qué le había pasado. Ni siquiera sus padres. Nadie le decía una palabra. De modo que ella salía a averiguarlo por su cuenta y, mientras recorría las montañas, los desiertos y los mares de su sueño, notaba que alguien o algo la seguía, que se le acercaba cada vez más, y justo cuando estaba a punto de alcanzarla, ella se despertaba gritando.

–¿Estás bien? –preguntó una voz preocupada.

Katana se sorprendió al ver a Bumblebee sobrevolándola en pijama.

–Sí, perfectamente –dijo, avergonzada–. Sólo era una pesadilla. –Bostezó y se desperezó–. Siento haberte despertado. Vaya, qué cansada estoy. Será mejor que me vuelva a dormir.

—De acuerdo —dijo su amiga, frotándose los ojos—. Sólo quería asegurarme de que todo estaba bien.

—Todo perfecto —dijo Katana, estirando otra vez los brazos por encima de la cabeza—. ¡Qué sueño tengo! Buenas noches.

Cuando estuvo segura de que Bumblebee se había ido, abrió los ojos y miró la oscuridad. La calma invadía la habitación. Aunque su abuela había desaparecido muchos años atrás, Katana la añoraba ahora más que nunca. Seguro que Onna la hubiera ayudado con el misterioso haiku.

Liberty Belle lucía espléndida con su sombrero nuevo, que era una réplica a escala de la campana Liberty Belle del Independence Hall, aunque su compañero, el profesor Crazy Quilt, había insistido en no reproducir la grieta. Katana, a quien muchos consideraban que vestía a la última moda, siempre había admirado el estilo de su profesora de Historia.

De las paredes colgaban carteles de grandes e icónicas batallas de superhéroes, como la Guerra de los Dioses y el Reino de los Superhombres, y holografías de superhéroes famosos, incluyendo algunos profesores que ahora daban clases en Super Hero High, como Doc Magnus, la persona que sabía más de robótica de todo el sistema solar.

Beast Boy dio un empujoncito a Bumblebee, que se sentaba delante de él.

—¿Qué pasa? —dijo ella.

—Fuma, fuma —dijo Beast Boy.

—¿Fuma, fuma? —preguntó ella, desconcertada.

—¡Esfúmate! —dijo él, riéndose de su propia broma.

—No tiene ninguna gracia —susurró Big Barda, clavándole la Mega Rod.

—Sólo era una broma —dijo él, taciturno por un instante, antes de que su comportamiento despreocupado saliera de nuevo a relucir.

—¡Súpers! —gritó la profesora, haciendo sonar la Campana de la Libertad en miniatura que descansaba sobre su escritorio—. ¡Quiero que presten atención! Tengo muy buenas noticias.

Hawkgirl se incorporó y dobló las manos sobre el escritorio. Batgirl sacó una laptop para tomar notas. Cyborg puso el circuito de memoria en modo grabación.

—Nos embarcaremos en una nueva y emocionante tarea —empezó Liberty Belle—. Se llama «Conoce tu lugar en el mundo: un proyecto de legado».

»Estudiaremos su pasado y lo relacionaremos con el presente a la vez que predecimos el futuro —explicó la profesora—. Ya lo sé. ¡Es superemocionante!, ¿verdad?

No todos los alumnos compartían su entusiasmo. Algunos súpers se habían criado en hogares donde los padres y los abuelos hablaban constantemente del lugar de donde procedían. Otros no tenían pedigrí de superhéroe, pero ansiaban inventárselo. Y luego estaban los que se tomaron el encargo como una tarea aburrida más.

—Por ejemplo —continuó Liberty Belle, mirando a su alrededor—. Bumblebee, tú explorarás tus raíces en la ciudad de Metrópolis. Beast Boy, en África, y Wonder Woman, en Paradise Island. Miss Martian... Miss Martian, ¿estás aquí? –Miró a la silla que parecía vacía y sonrió con calidez–. Miss Martian, tú escribirás sobre Marte, y Katana, tú explorarás tus ancestros en Japón y tu lugar en el mundo.

La joven asintió. ¿Cuál era su lugar en el mundo?, se preguntó.

–¡Va a ser genial! –dijo Batgirl con los ojos brillantes, ajustándose la capucha que Katana le había hecho en la clase de diseño de trajes de Crazy Quilt.

–No lo sé –dijo Big Barda, en tono tristón–. Todo se trata de familias. ¿Y los que no tenemos familia?

Supergirl, que estaba sentada en la otra punta de la sala, pudo escuchar lo que las dos súpers decían gracias a su superoído. Una nota cayó sobre el pupitre de Big Barda. «Luego quiero hablar contigo», decía.

Ambas se pusieron de acuerdo con una mirada.

Aquella noche, en el comedor, se respiraba el caos habitual. Arrowette atravesó con una flecha el bocadillo de atún de Cyborg justo cuando éste iba a darle un mordisco, y lo hizo volar por los aires. El Diablo calentó con la mano su cacerola de pollo demasiado crudo con una feroz llamarada, y Frost la enfrió con su aliento helador. Cheetah, sin querer pero a propósito, derramó la gelatina verde delante de Lady Shiva. Todo el mundo se echó a reír cuando la chica la pisó y resbaló. Pero Lady Shiva rio al último y rio mejor, tras ejecutar un elegante aterrizaje acrobático sin derramar nada de lo que llevaba en la charola. Luego hizo una reverencia ante los aplausos de los alumnos de las mesas adyacentes.

Parasite, el conserje, refunfuñaba ante la perspectiva de tener que recoger otro desastre. Detestaba limpiar lo que ensuciaban los demás, y no se reprimía a la hora de decírselo a los alumnos. Sin embargo, como estaba en libertad condicional, no tenía elección.

—Tiene prohibido utilizar sus poderes, que consisten en la capacidad de vaciar a los demás de los suyos —explicó Bumblebee a Katana mientras vertía un tarro de miel entero sobre su plato de espaguetis, ante la mirada asqueada y sorprendida de Batgirl.

Hawkgirl hablaba con tanta animación sobre Venezuela que Harley sonrió con entusiasmo y exclamó:

—¡Ahí veo un especial de la web *Los Quinntaesenciales de Harley*!

Por su parte, Big Barda y Supergirl hablaban con las cabezas muy juntas, pero Katana podía oírlas.

—Odio este tipo de cosas —decía Barda, apartando el puré de papas a un lado del plato y enterrando las verduras en él.

Al principio, la súper samurái pensó que estaba hablando de la comida, pero entonces Supergirl puso la mano sobre el hombro de Barda y dijo:

—Ya lo sé. Yo también soy huérfana. Pero ¿no quieres saber más cosas sobre tus orígenes y sobre la historia de tu planeta? Yo quiero recordar todo lo posible sobre Krypton. Ahora que ya no existe, depende de mí honrar el recuerdo de mi hogar, mis amigos y mi familia.

—Tienes una razón para hacerlo, pero yo no sé si quiero escribir sobre mi pasado —insistió Barda—. El mundo de donde vengo se llama Apokolips. Toda su cultura se basa en el belicismo. Me educaron para subyugar a todos los planetas que salieran a mi paso. No es exactamente el material ideal para un trabajo escolar, ¿no crees?

Supergirl le sonrió.

—No lo sé. Suena muy... emocionante. ¡Todos tenemos que venir de algún sitio! Ah, y el tema de tu trabajo sería cómo vas a arreglártelas para ser mejor que el lugar de donde vienes.

Poco a poco, en el rostro de Barda se dibujó una sonrisa, y por fin, con suavidad, alejó a Supergirl con su Mega Rod. Las dos chicas se echaron a reír.

Katana se reclinó sobre la silla y miró por la ventana mientras sus amigos seguían hablando. Sonreía porque el cerezo estaba en flor, aunque no le correspondiera por la estación. «Gracias, Poison Ivy.»

Las flores hicieron que pensara en su abuela. Últimamente pensaba mucho en ella. Sabía que Onna había sido una persona fuerte, amable y cariñosa. Sus padres apenas le habían hablado de ella después de su desaparición, y Katana ni siquiera conocía las circunstancias de su muerte. Tal vez ésta sería una buena oportunidad para hablar con sus padres y averiguar más cosas. Tanto su padre como su madre eran profesores en Japón. Seguro que hablarían con ella del tema si les decía que se trataba de un trabajo que le habían encargado en clase, ¿verdad?

CAPÍTULO 6

Al día siguiente se celebraba una reunión de la Sociedad de Detectives Junior. Todo el mundo estaba presente: Hawkgirl, Batgirl, Poison Ivy, que se había incorporado recientemente, The Flash, Bumblebee y, como invitada especial, Katana.

Ésta contempló la habitación de Poison Ivy. Siempre había admirado su decoración colorida y las plantas en flor poco comunes que había por todas partes. Además, nunca faltaba el líquido que burbujeaba en las probetas de cristal como parte de algún experimento científico en el que Ivy estuviera trabajando.

Batgirl se aclaró la garganta.

—Doy por iniciada la reunión especial de la Sociedad de Detectives Junior. Detectives Junior, preséntense a ustedes mismos y demos la bienvenida a nuestra invitada, Katana.

La súper samurái hizo un esfuerzo por aguantarse la risa mientras sus amigos se presentaban. Tenía ganas de soltar: «¡Sé perfectamente quiénes son!», pero comprendía que el protocolo era necesario. Se lo había enseñado su abuela. Los samuráis también tenían rituales y procedimientos que debían cumplir con rigor.

—Hawkgirl, ¿puedes contarle a nuestra invitada lo que hemos descubierto? —dijo Batgirl, una vez hechas las presentaciones.

La súper se puso de pie, se colocó bien sus grandes y poderosas alas y, tras aclararse la voz, sacó del bolsillo un pequeño trozo de papel y dijo:

—Katana, nos pediste que descifráramos el misterioso haiku de la caracola.

La chica asintió. ¿Qué habrían descubierto?, se preguntaba.

Con estas espadas samuráis
confiadas a Katana
se desarrolla la historia.

—Batgirl ha pasado el haiku por varios programas de descodificación y todos hemos dedicado muchas horas a discutir sobre su significado. Ahora creemos saber de dónde proceden las espadas y, gracias a nuestras averiguaciones, hemos descubierto que la respuesta la tiene alguien que está en el instituto.

Katana contuvo el aliento. ¿Cómo era posible que alguien del instituto supiera de dónde venían aquellas misteriosas espadas? ¿Quién debía de ser?

Hawkgirl dejó el papel a un lado, la miró y dijo:

—Esa persona es Parasite.

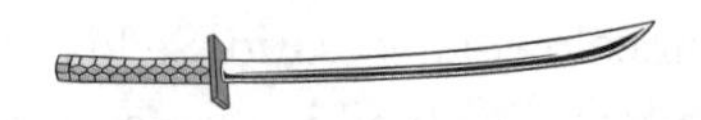

Parasite gruñía mientras intentaba extraer la sustancia verde y pegajosa del alto techo del laboratorio de ciencias. En esta ocasión era especialmente repugnante, por no hablar de los inestables bultos violetas que contenía. En Super Hero High era habitual que hubiera percances (accidentales o deliberados), pero en el laboratorio ocurrían con una frecuencia diaria, todo bajo la excusa del aprendizaje.

Poison Ivy se sonrojó al entrar en el aula. Se alegraba de no ser ella la responsable del desorden esta vez. Científica en ciernes, tenía una cierta tendencia a que todo lo que tocaba explotara por los aires. Por suerte, todos los accidentes ocurrían en el nombre de la ciencia. Por ejemplo, ahora estaba a punto de desarrollar un potente suero de la verdad a partir del polen de la *Lunaria annua*, también conocida como flor de la honestidad.

—¿Podemos hablar un momento con usted, Parasite? —preguntó Batgirl.

Katana miró a su alrededor. Había un par de ventanas rotas. La sustancia verde y pegajosa comenzaba a gotear y ya estaba llegando al suelo. Había un pupitre al revés. Las probetas rotas vertían líquidos azulados y burbujeantes sobre los mostradores. Aun así, estaba impresionada, porque la sala parecía más limpia de lo habitual.

El conserje de piel morada observó al grupo desde lo alto de la escalera de mano.

—¡Estoy ocupado! —gruñó, y a continuación añadió en voz baja, sin dirigirse a nadie en especial—: ¡Siempre esperan que limpie lo que ellos ensucian!

—¿Y si le ayudamos nosotros? —propuso Poison Ivy, tomando un trapeador—. Podríamos hablar mientras le ayudamos a limpiar.

Al ver que Parasite dudaba, Katana añadió:

—Trabajando en equipo, las cosas se hacen más deprisa y se consiguen mejores resultados.

—Sí —dijo The Flash—. Así luego tendrá tiempo para relajarse y responder a un par de preguntas.

—¿Se me acusa de algo? —preguntó Parasite, entornando los ojos de manera desafiante.

—¡En absoluto! —lo tranquilizó Poison Ivy—. Más bien todo lo contrario. Se comenta que usted sabe muchas cosas sobre el lado más oscuro de la historia y la leyenda de los superhéroes, y que nadie conoce los terrenos de Super Hero High como los conoce usted.

Parasite se hinchó un poco.

—Bueno, me alegro de que piensen eso. A ninguno de los profesores se le ocurre nunca pedirme otra cosa que no sea limpiar las aulas. De acuerdo —dijo, tirando unos trapos a Hawkgirl, que enseguida se puso a frotar meticulosamente la enorme pantalla de computadora que ocupaba la pared de color negro.

Katana, con gran agilidad, limpió las esquinas y los puntos de difícil acceso mientras Poison Ivy hacía que sus plantas rezumaran un astringente neutralizador para la sustancia química que supuraba por todo el laboratorio. The Flash, por su parte, correteaba tan deprisa que no era más que un borrón de color rojo, pero a cada vuelta que daba, la habitación parecía más limpia. El laboratorio de ciencias no tardó en quedar impecable y listo para un nuevo día de destrucción y detritus.

—Entonces..., ¿podemos hacerle algunas preguntas? —volvió a decir Batgirl, consultando las notas que llevaba escritas en la minicomputadora de muñeca.

Parasite miró a su alrededor. Los súpers habían hecho un buen trabajo. Incluso él debía reconocerlo.

—Un trato es un trato —dijo—. No obstante, tengo cosas que hacer... y estoy agotado..., no he comido suficiente. Adelante, pero que sea rápido... Tírenme la caballería encima.

—¿La caballería? —dijo Hawkgirl, colocándose en posición de defensa.

—No, me refiero a que hagan sus preguntas —le aclaró el conserje, poniendo los ojos en blanco. Entonces se apoyó en el escritorio de los profesores en la parte frontal del aula, sin soltar el trapeador en ningún momento por si necesitaba alguna excusa para huir de los adolescentes y de sus preguntas.

Los súpers se sentaron en primera fila y Batgirl comenzó a hablar, ante la atenta mirada de Katana.

—Sabemos que existen unos túneles secretos bajo el instituto, y tenemos razones para creer que van mucho más allá de Super Hero High —dijo Batgirl.

Parasite asintió de modo casi imperceptible.

—Hemos visto el cartel que usted colgó en la puerta que hay al lado de la cafetería —continuó The Flash—. Eso significa que debe de estar familiarizado con las cavernas y los pasadizos subterráneos.

—Hemos estado ahí. Sabemos que existen —intervino Hawkgirl—. Lo que no sabemos es por qué.

Hacía rato que Poison Ivy sostenía una *Lunaria annua*. Se la entregó a Parasite, que la aceptó incómodo. Ivy le dirigió una sonrisa cariñosa.

—Sabe usted tantas cosas —dijo, creyéndolo de verdad—. Nuestra amiga Katana debe resolver un misterio y no le vendría mal que usted le echara una mano. ¿Nos ayudará, por favor?

El conserje husmeó la flor y reprimió una sonrisa. Asintió lentamente.

Katana anotó mentalmente que debía aprender la lección de Poison Ivy. Parasite llevaba muchos años trabajando de conserje en el instituto y cultivando una imagen de exdelincuente cascarrabias... Ahora la joven se preguntaba si su actitud no se debía al hecho de que se sentía débil y agotado. Parasite tenía la obligación de reprimir su impulso de usar plenamente sus poderes para vaciar las energías y facultades de los alumnos, y eso debía de ser duro para él. Sin embargo, Katana acababa de comprobar que, como la mayoría de las personas, el hombre reaccionaba de manera positiva ante la amabilidad.

—Super Hero High no ha sido siempre un lugar nuevo y reluciente —comenzó—. Y tampoco tenía las necesidades económicas cubiertas como las tiene hoy. En décadas pasadas, el instituto estaba formado por una serie de edificios sueltos, con siglos de antigüedad. Entonces, de pronto, hubo una entrada de dinero, que no estoy seguro de dónde procedía.

»Algunos dicen que fue un donante privado cuya familia había sido salvada por los superhéroes. Pero nadie lo sabe con certeza, o tal vez sí...

Parasite chasqueó la lengua y una sonrisa le atravesó el rostro lleno de manchas.

Batgirl lanzó una mirada telegráfica a sus amigos. Quería decir que ella ya había oído esos rumores.

El hombre se sentó en la silla del profesor y, tras ponerse cómodo, llevándose las manos por detrás de la cabeza, continuó:

—En cualquier caso, al contar con ese dinero, se propuso construir la escuela grande y reluciente que todos conocemos hoy.

Katana se preguntaba qué tenía que ver aquello con el haiku y las espadas. ¿Tal vez sólo era el principio? «Se desarrolla la historia...»

CON ESTAS ESPADAS SAMURÁIS
CONFIADAS A KATANA
SE DESARROLLA LA HISTORIA.

—La mayor parte de la antigua escuela se derribó para dejar sitio a la nueva. Pero los laberintos y las salas subterráneas permanecieron. La Sociedad Histórica de Super Hero High no quería que se tocaran, entre otras cosas, porque para entonces sus funciones iban mucho más allá de aquellas para las que fueron creados originalmente. A lo largo de los años, se fueron construyendo cada vez más túneles y habitaciones secretas. Los alumnos crearon guaridas no oficiales como sedes de sus clubes, y hubo que construir criptas cada vez más complejas para almacenar las armas confiscadas a los villanos. También eran necesarias para cuando el instituto era destruido por algún ser malvado, cosa que en los viejos tiempos sucedía muy a menudo. Lo que hay allí abajo es tan complejo que nadie sabe hasta dónde llegan los túneles y las cavernas.

—¿Y el agua? —dijo Batgirl de repente—. ¿De dónde sale el agua?

Parasite se incorporó y dobló las manos sobre el pupitre, como si fuera un profesor.

—El agua —repitió—. Ah, los viejos canales. Sí, sí, ese sistema de aguas subterráneas fue utilizado con objetivos diversos antes de quedar bloqueado. En una época fue un sistema de transporte para llevar las provisiones guardadas en receptáculos sellados de otros países. Más tarde, algunos súpers que eran buenos nadadores o que tenían vehículos acuáticos lo usaron para acceder al mar. Pero ya hace décadas que no se utilizan los acueductos —Entornó los ojos—. ¿Por qué quieres saberlo?

—Por nada —dijo Katana—. Bueno..., me preguntaba... Si alguien quisiera enviar algo a otra persona sin que nadie se enterara, podría usar los... ¿Cómo los ha llamado? ¿Acueductos? Podría usar los acueductos, ¿verdad?

—¡Agua! ¡Mares! ¿Quién necesita todo ese lío? —gruñó Parasite, volviendo a su comportamiento habitual—. Pero sí, es evidente que podría hacerlo. La pregunta es: ¿por qué querría hacerlo?

CAPÍTULO 7

—¿Cómo supiste que debías buscar bajo tierra para encontrar las espadas? —preguntó Bumblebee. Sonrió con dulzura y a continuación trató de derribar a Katana con uno de sus potentes y eléctricos aguijonazos de abeja.

Con su espada, Katana partió en dos la descarga de energía, pero aun así la sacudida del impacto la propulsó varios metros hacia atrás, estampándola con fuerza contra la pared. La armadura ligera que llevaba puesta, basada en un diseño samurái tradicional pero fortalecida con materiales modernos y resistentes, se llevó la peor parte. Katana se dejó caer al suelo con elegancia, preparada para seguir luchando.

La pareja continuó repitiendo los movimientos. Las dos súpers se encontraban en plena clase de Educación Física, en la que los alumnos se dividían en equipos para poner en práctica sus poderes y habilidades, aunque nunca a plena potencia.

—¡Más golpear! ¡Más lanzar! ¡Y menos hablar! —rugió Wildcat, el entrenador del instituto—. ¡Esto no es una reunión para tomar el té! ¡Aprendemos a defendernos y a luchar! ¡De esto podrían depender vidas humanas! ¡Y también las suyas!

Katana corrió hacia Bumblebee, espada en mano, y se abalanzó sobre ella, pero entonces su amiga se encogió y esquivó la hoja afilada. Las dos se echaron a reír. Estos entrenamientos tan intensos siempre eran divertidos.

—Bueno, no estoy segura de por qué me metí bajo tierra, pero no lo pude evitar —dijo Katana, ejecutando una maniobra de caída de artes marciales y aterrizando en posición de combate. En una mano sostenía su *shuriken* favorito, una estrella arrojadiza de cuatro puntas afiladas, y en la otra llevaba los *nunchakus* de titanio que sus padres le habían regalado el día de su cumpleaños—. Era como si algo o alguien me estuviera hablando y atrayendo hacia allí. Estaba como en trance. Sólo pensaba en descubrir quién (o qué) me estaba llamando.

—A mí me pasa eso continuamente —dijo alguien.

Katana miró a su alrededor, pero no vio a nadie.

—¿Miss Martian? —dijo en voz alta.

Lentamente, la figura de una adolescente de color verde apareció delante de ellas.

—¡Hola! —la saludó Bumblebee. La espesa mecha dorada en su pelo de color miel relucía al sol—. ¿Quieres unirte a nuestro equipo?

—¿En serio? Me encantaría —dijo Miss Martian. Se miró los zapatos—. Pero aquí me siento fuera de lugar... y en casi todas partes también. Leer el pensamiento no es precisamente un poder de tipo físico.

—Lo que haces es increíble —dijo Katana—. Fíjate en cómo guiaste a Batgirl y al resto de los súpers hasta que me encontraron. De no haber sido por ti, seguramente todavía estaría plantada sobre un acueducto rodeada de espadas, ¡y tendría la piel arrugada después de tanto tiempo dentro del agua!

Miss Martian se echó a reír.

–Justo ahora le estaba preguntando a Katana por qué se sintió atraída hacia las espadas –dijo Bumblebee–. Pero dice que no lo sabe. ¿Tú tienes alguna idea?

Miss Martian asintió. Contempló a Cheetah encaramándose a toda velocidad por el lateral de un edificio, con Supergirl pisándole los talones.

–A veces –empezó–, no tenemos el control absoluto de las cosas que nos rodean, y dejamos que nuestros sentidos y nuestros pensamientos accedan a lo que hay a nuestro alrededor. Es como cuando te estás quedando dormido. Sigues pensando, pero al mismo tiempo otras ideas acuden espontáneamente desde los rincones más recónditos de la mente, y el resto de los sentidos empiezan a tomar el control.

Katana asintió, recordando el sueño que seguía persiguiéndola.

–A partir de las impresiones que obtuve cuando te estaba buscando –continuó Miss Martian–, sentí que la caracola era un mensaje que alguien o algo te estaba enviando. Se trata de algo muy específico.

–¿Qué quieres decir? –preguntó Bumblebee, arrugando la nariz.

–Es un mensaje dirigido específicamente a Katana –aventuró Miss Martian–. ¿Alguien escuchó la caracola?

–Toda la Sociedad de Detectives Junior –respondió Katana.

–¿Y oyeron alguna cosa? –preguntó la súper proveniente de Marte.

Katana negó lentamente con la cabeza.

—No —dijo—. Sólo yo pude oírlo.

Miss Martian la miró y cerró los ojos.

—Sabes más de lo que sabes —dijo por fin, y luego desapareció.

—Habla con adivinanzas —dijo Katana a Batgirl. Blandía la espada por encima de su cabeza con tanta rapidez que Batgirl pensó que estaba a punto de despegar del suelo como si fuera un helicóptero. Aunque la jornada escolar ya había terminado, las chicas habían decidido seguir trabajando en sus poderes y habilidades, porque lo estaban pasando de maravilla.

—Lo que pasa es que Miss Martian escanea los cerebros y recoge impresiones —le explicó Batgirl mientras probaba sus nuevas herramientas de combate. Katana admiraba el modo en que se columpiaba de las ramas de los árboles, como si estuviera volando. Batgirl siempre estaba creando nuevos dispositivos BAT. Después del último enfrentamiento contra Croc, había empezado a trabajar en un nuevo gas lacrimógeno que funcionaba con especial efectividad sobre los reptiles.

—No quiere hablar conmigo —dijo Big Barda, que balanceaba su Mega Rod para calentar los músculos. En ese momento vio que una pelota de beisbol extraviada se dirigía hacia ella desde la pista de atletismo, la golpeó y se quedó mirando cómo surcaba el cielo en dirección al centro de Metrópolis—. Creo que le doy miedo —continuó—. Pero no sé por qué.

—A ver, Katana —dijo Batgirl—. ¿Puedes contarnos qué sabes? Todos estamos metidos en nuestros proyectos académicos... ¿Has descubierto algo que explique el asunto de las espadas, la caracola y el haiku?

Barda se sentó en el suelo.

—Tengo ganas de escuchar una buena historia —dijo, poniéndose cómoda. Batgirl se sentó junto a ella—. ¡Cuéntanos una!

—De acuerdo. Esto es todo lo que sé por el momento —comenzó Katana.

CAPÍTULO 8

—Soy nieta de la primera superheroína samurái de la historia, Onna-bugeisha Yamashiro. Mi abuela materna descendía de una antigua saga de samuráis. Para honrar a esta rama familiar, mi madre conservó su nombre de soltera y me lo pasó a mí. Mi abuela era hija única, como mi madre y como yo.

»Sólo los hombres podían acceder a ser guerreros samuráis oficiales, se trataba de una nobleza militar conocida como Bushi, que significa "aquellos que actúan de acuerdo con su nobleza". A lo largo de los siglos se les consideró héroes. Aunque no era algo habitual, algunos samuráis enseñaban las habilidades, la filosofía y los códigos de los Bushido a sus hijas. La familia de Onna lo hizo. Las mujeres entrenaron al lado de los hombres con las espadas y, al final, consiguieron ser tan buenas como muchos de los samuráis hombres, y en ocasiones incluso mejores.

»Así, algunas de ellas participaron en batallas disfrazadas de hombres. Se ganaron muchas guerras gracias a estas mujeres valientes, aunque nadie lo llegó a saber nunca. El código era tan estricto que sólo los varones podían luchar con las armaduras tradicionales.

»Cuando nació mi abuela, los samuráis habían dejado de existir. En la década de 1870, el emperador Meiji abolió la clase de los samuráis y optó por un ejército al estilo occidental. Después de cientos de años, de un legado que había ido pasando de generación en generación, los samuráis desaparecieron. O al menos eso es lo que pensaba la gente.

—¡Cuidado! —chilló Beast Boy, que en ese momento sobrevolaba el grupo agitando sus alas de gaviota. Perseguía a Supergirl, que corría intentando seguir el ritmo de Wonder Woman, que acababa de atar a una pareja de delincuentes con su Lazo de la Verdad en Centennial Park.

—Continúa, por favor —suplicó Barda—. ¿Cómo llegó a convertirse tu abuela en una superheroína samurái, si los samuráis habían desaparecido?

Katana sacudió la cabeza.

—No estoy segura. En mi familia, todo el mundo sabía a qué se dedicaba Onna, pero nadie hablaba del tema. Mi madre siempre me ha dicho que no estoy preparada todavía para conocer toda la historia.

»De pequeña, me daba cuenta de que Onna desaparecía a menudo durante varios días seguidos, a veces semanas, y cuando regresaba, las noticias de la televisión hablaban de algún pueblo que había sido salvado o de algún desastre que se había abortado a tiempo. Eran hechos que siempre estaban rodeados de misterio. Se rumoraba que un samurái había estado implicado de algún modo en su resolución.

»Por la noche, yo oía a mis padres susurrando sobre Onna, comentando que ya era hora de que se retirara.

Que no estaba bien que pusiera su vida en peligro. Una vez vi un programa de televisión que seguía la leyenda de los samuráis modernos, y cuando hablaron de la posibilidad de que existiera un superhéroe samurái, mi madre apagó el televisor.

»"No mires estas bobadas y ve a hacer la tarea", se limitó a decirme.

»Mis padres son profesores, y para ellos es muy importante que yo saque buenas notas. Aunque me encantaban los libros, eran las historias que Onna me contaba por las noches las que me ensanchaban el corazón y me hacían volar la imaginación. Eran historias de batallas entre el bien y el mal, de hazañas asombrosas con la espada. De ella aprendí el significado que los samuráis dan al honor y la importancia de servir a los demás.

»Onna me adiestró en el manejo de la espada –Katana se levantó y empezó a andar a grandes zancadas, sin dejar de hablar–. Aunque mis padres hubieran preferido que me quemara las cejas estudiando. Pero como sacaba buenas notas, ¿qué podían decir? Aun así, en las noticias seguían hablando de aquel legendario superhéroe samurái, y más tarde se confirmó que no era un samurái cualquiera, sino que se trataba de una mujer. Onna y yo jugábamos a descubrir quién era, cuál era su historia y dónde vivía.

Katana hizo una pausa y miró a lo lejos. Lady Shiva intentaba enseñar a Adam Strange a dar una patada aérea, pero él no paraba de resbalar y siempre acababa estampándose contra el suelo.

–Continúa, por favor –la animó Barda.

–Sí, queremos saber más –dijo Batgirl.

Katana asintió y continuó.

—Un día, yo volvía a casa desde la escuela, con un par de amigos. Debíamos de estar en tercer o cuarto grado. Al pasar por una carretera con muchas curvas, vimos una casa en llamas. Desde el interior, una mujer gritaba que estaba atrapada con sus hijos. Nos quedamos helados, sin saber qué hacer, y, de pronto, un samurái con el equipo completo de combate apareció de la nada. Aunque llevaba la cara tapada, vimos que era una guerrera. Brincó hasta la cornisa del segundo piso, puso a salvo a la madre y a sus hijos y a continuación se dispuso a apagar el incendio usando los contenedores de agua de lluvia que había en el jardín.

»Antes de que nadie pudiera dar las gracias a la superheroína samurái, ésta había desaparecido.

»Volví corriendo a casa, ansiosa por explicar a Onna lo que acababa de presenciar. Pero la casa estaba en silencio.

»"¡Onna, Onna! ¿Dónde estás?", grité.

»"Estoy aquí", respondió ella. Tenía el pelo mojado y se lo estaba secando con una toalla. Era una hora un poco rara para darse un baño. "¿Qué ocurre?"

»Mientras le contaba lo que había visto, olí algo raro en su habitación. En un rincón distinguí un montón de hojas y cenizas. Fue entonces cuando descubrí la identidad del legendario superhéroe samurái.

CAPÍTULO 9

—¡Ya lo sé, ya lo sé! —gritó Big Barda, levantando la mano con gran emoción—. ¡Era tu abuela! ¿Tengo razón? ¡Sé que tengo razón!

—Onna se dio cuenta de que yo lo sabía. Me dio un abrazo muy fuerte y me dijo que aquél iba a ser nuestro secreto.

»"Mamá dice que no está bien guardar secretos", le dije yo.

»Ella suspiró y replicó:

»"Ah, tu madre... Sí, decir la verdad está muy bien, pero hay cosas que no deben contarse hasta que llega el momento adecuado. Tú conoces mi secreto, pero si lo revelaras, a mí me costaría más hacer mi trabajo, que consiste en ayudar a la gente."

»"¡Yo quiero ser como tú!", exclamé. "¡Déjame ser como tú! Enséñame, por favor."

»"No sé qué dirían tus padres...", dijo mi abuela. Pero yo veía que lo estaba meditando.

»"Por favor, Onna", le supliqué. "Por favor."

»Por fin, ella sonrió y dijo:

»"Iremos paso a paso. Te enseñaré algunos principios básicos."

»Aquel día, Onna me dejó empuñar una espada por primera vez. Era la suya. La misma que tengo aquí –dijo Katana, desenfundándola para que Barda y Batgirl la vieran–. Siempre que practicábamos me dejaba utilizarla, pese a que en los primeros tiempos a duras penas podía sostenerla. Mi abuela me dijo: "Yo te entrenaré, pero todavía está por ver quién llegarás a ser. Eso dependerá de ti".

»Aunque al principio la espada era demasiado grande para mí, yo le tomé un gran afecto. Cada día, Onna y yo caminábamos por unos acantilados que daban al océano, y allí me enseñaba los secretos de las artes marciales, el manejo de la espada y el camino del Bushido. Nunca se lo dijimos a mis padres, conscientes de que ellos preferían para mí una vida académica. Yo no quería aprender las cosas del mundo en los libros, quería vivirlas, y más que ninguna otra cosa quería ser como Onna y aprender lo suficiente para que algún día se me llegara a considerar una superheroína samurái.

–Apuesto a que tu abuela está muy orgullosa de que estudies en Super Hero High –dijo Batgirl.

Katana agachó la cabeza.

–Onna ya no está entre nosotros. No llegó a saber que yo había ingresado en este instituto.

–¿Qué pasó? –preguntó Barda con los ojos muy abiertos.

Katana se encogió de hombros.

–No lo sé. Nadie me lo quiere contar. Sólo sé que un día, cuando terminé de ayudarla a ponerse la armadura de samurái, me dio un beso como siempre hacía para despedirse y, antes de irse, se volvió y me entregó esta espada. «Cuídala y ella cuidará de ti», me dijo. Aquella noche no volvió a casa. –Una nota de dolor tiñó la voz de Katana–. Fue la última vez que la vi.

Los ojos de Big Barda se llenaron de lágrimas.

–No estoy llorando... –gruñó, y mirando a Batgirl, añadió–. ¡Tú sí lloras!

La genio en informática se secó los ojos con el dorso de la mano y luego abrazó a Katana. Barda esperó un momento, observándolas, y por fin dijo:

–De acuerdo, ¿por qué no? –Y se unió al abrazo colectivo.

–Gracias –dijo Katana, saboreando el cariño de sus amigas–. Esto significa mucho para mí.

–¡Lo tengo! –gritó alguien. Era Harley–. ¡Me encanta! –Giró la cámara hacia sí misma–. Aquí, en Super Hero High, la camaradería corre a sus anchas. Apenas unos meses atrás, Big Barda era el enemigo, y ahora aquí la tienen, aceptada y abrazada por la indomable Katana y la reciente Superheroína del Mes, Batgirl.

Katana se separó del abrazo.

–Aparta la cámara, Harley –le pidió–. Esto es un asunto privado.

La reportera hizo una mueca.

–¡Por favor! ¡No son nada divertidas! –dijo–. ¡A todo el mundo le gusta ver momentos privados en video! ¡Es como espiar, pero más divertido!

–¡Mira! –dijo Batgirl, para distraerla–. ¿No es esa Hawkgirl corriendo junto a un avión con el motor averiado?

Cuando Harley salió a toda velocidad con la esperanza de conseguir una exclusiva, Katana se volvió hacia Batgirl y Barda.

—Gracias por escucharme. Compartir mi historia con ustedes me acerca más a mi abuela Onna... —Hizo una pausa y luego añadió con melancolía—: ¡No sé qué daría por verla una vez más!

CAPÍTULO 10

—Katana, por favor, ven aquí —gritó Crazy Quilt. Iba vestido con su habitual ropa de colores chillones. Cualquier otra persona vestida como él parecería una colisión de brochazos de pintura. En cambio, él conseguía que su extravagante indumentaria fuera una extraordinaria declaración de principios.

La joven se levantó del pupitre que ocupaba en la parte posterior del aula y avanzó salvando de un salto las piernas estiradas de Cheetah. Si bien algunos superhéroes como Supergirl eran un poco despistados y otros, como Big Barda, tenían tendencia a pisotear a todo el mundo, Katana poseía el porte y la gracia de una bailarina. En la clase de Educación Física de Wildcat, era capaz de correr siete kilómetros con una docena de libros en equilibrio sobre la cabeza y una pecera llena de peces de colores encima de los libros sin perder una sola gota de agua ni un solo pez.

—¡Arriba, arriba! —dijo entonces Quilt, y un pedestal de mármol se elevó del suelo—. Y ahora, Katana, ¡posa para nosotros!

Ella se irguió con los brazos en los costados.

—¡No! ¡No! —gritó el profesor—. ¡Sé dramática! ¡Actúa! Mira, así...

Entonces Quilty, como a veces lo llamaban a sus espaldas, empezó a caminar con las manos en las caderas y la cabeza hacia atrás. Seguía teniendo tanto estilo como cuando era joven y apareció en la portada de la revista *Super Hero Supermodel*, un ejemplar que guardaba en un lugar preferente de su escritorio, iluminado por un pequeño foco.

De pronto, Katana se acordó de las espadas. Era raro, pero desde que las había guardado en un lugar seguro, se habían convertido en una idea borrosa, que emergía y desaparecía de sus pensamientos como el flujo y reflujo de la marea, como si fueran reales e irreales a la vez.

—¡Y posa! —gritó Crazy Quilt—. Katana... La Tierra llamando a Katana. ¡Vamos, posa para nosotros!

Ella odiaba ser el centro de atención de todo el mundo, pero también sabía que Crazy Quilt no desistiría en su empeño, porque le encantaban las poses de desfile de modas. Así que imitó la postura del profesor, aunque se sentía incómoda y sabía que todos se estaban dando cuenta de ello. ¿Cómo era capaz de soportarlo Star Sapphire, por ejemplo, que algunas veces hacía de modelo para las revistas de moda?, se preguntaba Katana.

Crazy Quilt sonrió y se puso a caminar en círculos a su alrededor.

—Bien, futuros expertos en moda, quiero que miren todos el traje de su compañera. ¿Tiene estilo? ¡Sí! Pero a la vez es funcional. Katana, cariño, enseña a la clase cómo el material de tu traje se estira en los lugares precisos.

Ella se puso de puntillas y, con una floritura, saltó del pedestal. Se dobló sobre sí misma, rodó por la habitación y luego brincó e hizo una marometa hacia atrás, para acabar aterrizando sobre el pedestal.

–¿Lo ven? –indicó el profesor. Señaló la blusa negra con ribete rojo de la chica–. ¡No hay arrugas! ¿Y se han fijado en la elasticidad y firmeza de los *leggings*? ¡Y miren qué elegancia! ¡¿Y la armadura...?!, ¡¿y esas botas con cordones?! Me muero por ellas –dijo, embelesado–. Además, ¡son funcionales, funcionales, funcionales! ¡Demuéstranoslo, Katana!

Con un simple gesto, la chica bajó el brazo y se sacó una daga de la bota. Sin detenerse, se llevó la mano a la cintura y extrajo una cadena de metal, que lanzó a través de la habitación. La cadena cortó el aire con un sonido sibilante, envolvió un maniquí y a continuación la daga impactó contra el radiocasete falso que llevaba en la mano de plástico, tirándolo al suelo.

Crazy Quilt aplaudió y gritó:

–Bravo, bravo!

Katana, mientras tanto, permanecía en posición de combate, con la espada todavía enfundada.

–Bravo!

Cuando la chica regresó a su asiento, Star Sapphire sonrió y jugueteó con el anillo púrpura que llevaba en el dedo. Aunque no parecía nada sincera, Katana sintió una oleada de amabilidad cuando pasó a su lado.

–Todo este rollo de los samuráis está sobrevalorado –susurró Sapphire a Cheetah, que asentía mientras se afilaba las uñas con una lima.

Al atravesar el campus para asistir a la clase de Arte de June Moone, Katana y Poison Ivy pasaron por una amplia zona de hierbas puntiagudas de kirbo que crecían tan rápidamente que amenazaban con cubrir la estatua de un famoso superhéroe llamado Tsunami, capaz de nadar a una velocidad sobrehumana. Las chicas se miraron y, sin decir nada, Katana cortó el kirbo con la espada e Ivy creó un jardín precioso en el lugar donde habían estado las hierbas. Un pequeño dosel formado por cerezos y naranjos en flor rodeaban el espacio, y un surtido de margaritas, rosas y orquídeas acentuaban el oasis. El aroma de las flores era embriagador.

–¡Lo tengo! –anunció Harley mientras ejecutaba un perfecto doble salto mortal y una marometa hacia atrás sin dejar de filmar–. Estará colgado en *Los Quinntaesenciales de Harley* antes de que puedan decir «¿Qué pasa en Super Hero High?». –Dudó un instante–. Un momento, ¿tiene nombre?

Katana hizo una pequeña reverencia a Poison Ivy, invitándola a hacer los honores.

–¿El Jardín de la Armonía? –sugirió la genio de la biología vegetal.

–Perfecto. –Harley sonrió y giró la cámara hacia sí misma–. ¡El Jardín de la Armonía! ¡Ustedes lo vieron primero, queridos seguidores!

En la clase de Arte de June Moone, Katana se quedó mirando el bloque de madera que tenía delante. Era algo más grande que una caja de zapatos. Una caja de zapatos normal, no la de sus botas de cuero con cordones y paneles camuflados para llevar las armas. Igual que las de Onna, las botas de Katana habían sido fabricadas a medida por una famosa familia zapatera de Kioto que suministraba calzado a los samuráis desde hacía muchas generaciones.

Mientras seguía estudiando el bloque de madera, su profesora dio unas vueltas sobre sí misma, haciendo rodar el vestido de seda verde que llevaba.

—¡El arte es expresión! —declaró June Moone—. Debe hechizar y conmover. Ésta será su tarea de hoy. ¡Convertir los distintos materiales que tienen delante en algo que refleje sus sentimientos!

Los súpers se pusieron a trabajar. Katana paseó la mirada por la sala. Hawkgirl convertía un pedazo de barro en una escultura suspendida que representaba un pájaro en pleno vuelo. Supergirl usaba pegamento, cordel y lentejuelas para confeccionar un corazón de arcoíris. Batgirl fabricaba un monitor digital LED en el que aparecían las palabras: SUPER*POD*ERES, *POD*ER CEREBRAL y *POD*ER DE LA VOLUNTAD.

El trozo de madera permanecía intacto sobre el escritorio de Katana. Se preguntaba qué era lo que sentía en su interior. Ella controlaba gran parte de lo que hacía y pensaba. No era propio de ella trastornarse, como le pasaba a veces a Harley, ni emocionarse demasiado por las cosas, como le ocurría a Bumblebee, o vivirlas con tanta intensidad como Big Barda, aunque ésta había mejorado mucho desde que estaba en Super Hero High.

No, Katana era una persona comedida, y aunque sabía divertirse, había algunas cuestiones dentro de ella que la confundían y sentimientos que no había afrontado nunca. Y había también misterios, como la desaparición de Onna... y la aparición repentina de las espadas.

—¿Cómo va eso, Katana? —preguntó Moone, mirando por encima de su hombro.

—Me cuesta comenzar —reconoció la chica. Se dio cuenta de que nadie más parecía tener ese problema. The Flash ya había terminado el proyecto artístico, una heliografía pintada a dedo en la que se veía todo el recinto de Super Hero High y las calles circundantes de Metrópolis.

—No todas las piezas artísticas deben ser obras maestras —le recordó la profesora a su alumna estrella—. A veces son sólo un punto de partida.

Katana estaba acostumbrada a que en clase loaran sus cuadros y esculturas y a que los pusieran como ejemplo de lo que había que conseguir. En una pared del vestíbulo del instituto había colgados unos cuadros suyos hechos al óleo de un cerezo en flor, y también había ganado varios premios por sus obras.

Normalmente, cuando se enfrentaba a un proyecto artístico, sabía exactamente lo que quería hacer y lo que quería ver. Esta vez era diferente. Alzó el bloque y lo giró una y otra vez. Luego se levantó y lo sostuvo delante de su cara. Entonces lo lanzó al aire, y antes de que llegara a tocar el suelo, ya había desenfundado la espada y arremetido contra él, volteándolo por los aires, cortándolo en rodajas y en dados. Las astillas volaban a su alrededor.

—¡Caramba! —exclamó Beast Boy. Estaba terminando una pintura fluorescente en terciopelo que representaba una criatura con hocico de cerdo, orejas de murciélago, el pellejo liso de un ornitorrinco y la sonrisa de... Beast Boy.

Cuando el aserrín se posó en el suelo, June Moone se quedó mirando la escena con sus ojos verdes redondos como platos.

—¡De esto! —dijo, triunfante—. ¡De esto estoy hablando cuando digo que el arte provoca emociones y viceversa! Haz una reverencia, Katana.

Mientras la joven hacía lo que le pedían, oyó murmurar a Raven:

—Es su favorita. Ni siquiera sé lo que es esa cosa.

Katana tampoco estaba muy segura de lo que era. Pero era exactamente lo que sentía. Al terminar la clase, se dirigió a la puerta dejando atrás su obra de arte. De pronto, Miss Martian se hizo visible a su lado y le preguntó con timidez:

—¿Puedo quedármela?

—Por supuesto —dijo Katana—. Ni siquiera sé por qué la he hecho.

La chica verde sonrió y sostuvo contra el pecho el intrincado rompecabezas japonés, abrazándolo. La parte exterior exhibía un patrón hexagonal que se movía cuando lo mirabas. Al agitar la caja, oyó algo en el interior.

—¿Qué es? —preguntó Miss Martian—. ¿Qué hay dentro?

Katana sacudió la cabeza, sorprendida. No había metido nada.

—No tengo ni idea —respondió con total sinceridad.

CAPÍTULO 11

Aquella noche, Katana se escabulló de su habitación en la residencia. Algo que era más fácil de decir que de hacer. Supergirl había decidido organizar otra de sus fiestas de las galletas. Como cada dos meses, la tía Martha le había enviado una caja de galletas sonrientes de chocolate con mantequilla de cacahuate. Wonder Woman había ordenado a todo el mundo que arreglara sus habitaciones, pues pensaba que aquella era una gran manera de divertirse. Y la Sociedad de Detectives Junior quería hablar con Katana acerca del haiku.

Poco a poco, Katana iba conociendo cada vez mejor los pasadizos subterráneos. De todas formas, aunque llevaba una linterna, ésta apenas conseguía quebrar la oscuridad de aquel laberinto aparentemente interminable, y a pesar de que tenía un buen sentido de la orientación, solía perderse cuando se embarcaba en una de sus poco frecuentes visitas a las espadas. Se dio cuenta de que algo raro había pasado: el acueducto por donde habían llegado las espadas estaba seco. No quedaba ni una gota de agua. Katana abrió la puerta de la sala donde habían guardado las espadas y dejó la linterna en el suelo. Al instante, la habitación quedó bañada por un cálido resplandor. Un sonido metálico la sorprendió y las espadas se irguieron, como si fueran soldados.

La joven permaneció quieta, esperando a ver si pasaba algo. Como todo seguía igual, tomó la espada que tenía más cerca y la examinó. Pesaba más que la que Onna le había regalado y estaba mucho más ornamentada, con incrustaciones de perlas y un dragón labrado en la empuñadura. La probó. Encajaba en sus manos a la perfección. Luego probó otra, y otra. Cada una tenía un tacto y una energía diferentes. Todas eran piezas únicas. Como en el Jardín de la Armonía que Poison Ivy había creado recientemente, Katana sentía una suerte de paz y de consuelo en presencia de las espadas.

Para ella aquel misterio resultaba tan confuso como la desaparición de su abuela unos años antes. Había oído susurrar a sus padres sobre lo que podría haberle pasado, pero siempre dejaban de hablar cuando ella se acercaba. Tal vez, pensaba Katana, había llegado el momento de atreverse a preguntarlo.

—¡Hola, mamá! —dijo Katana, dirigiéndose a la computadora. Sabía que sus padres odiaban el AboutFace, pero quería hacerles algunas preguntas y estaba segura de que si les decía que eran para una tarea escolar, ellos responderían—. ¿Está papá?

—¡Estoy aquí! —dijo una voz grave, fuera de cámara.

—Tienes que sentarte más cerca de mí —bromeó su madre—. No te voy a morder.

—¿Así? —preguntó él. Katana vio el hombro de su padre. En aquel momento se dio cuenta de lo mucho que los echaba de menos.

»¡Hola, Kat! —dijo su padre, acercándose tanto a la cámara que sólo pudo verle la punta de la nariz. Después de tanto tiempo, era increíble que todavía no hubieran aprendido a utilizar el AboutFace.

—¡Hola, papá! ¡Hola, mamá!

—¿Cómo van las calificaciones? —preguntó su padre.

—Todo sobresaliente —informó Katana—. Bueno, un notable en Ciencias —dijo como de pasada, esperando que no lo oyeran—. ¡Pero he sacado un sobresaliente alto en Arte!

—Bueno, intentemos sacar todo sobresaliente, ¿de acuerdo? —dijo su madre.

—¿Intentar? —dijo su padre—. ¡Hagámoslo! Podemos hacerlo, ¿verdad, cielo?

Katana suspiró. Deseaba que sus padres no estuvieran tan obsesionados con las calificaciones. Pero el mundo académico era el suyo. Al fin y al cabo, eran profesores. Incluso se habían conocido en la universidad. La enseñanza era su vida.

—Estoy trabajando en un proyecto para la clase de Historia —empezó Katana—. La profesora nos ha pedido que entrevistemos a nuestros familiares.

—¡Ésos somos nosotros! —soltó su padre. Una gran sonrisa apareció en la pantalla. Estaba muy orgulloso de sus ocurrencias, y a menudo decía: «¿Lo ven? ¡No soy sólo un viejo profesor aburrido! ¡Soy un tipo simpático!».

—Katana, ¿qué quieres saber? —preguntó su madre. Sus ojos brillantes, su nariz pequeña y la mandíbula poderosa le recordaron a Onna. Su abuela le había comentado a menudo que su mayor deseo hubiera sido que su hija siguiera los pasos de la familia, pero que siempre la había apoyado en sus decisiones. Por eso, cuando ella le anunció que quería ser una samurái, Onna se puso muy contenta, al contrario que sus padres.

—Estamos preparando un proyecto sobre el legado familiar —explicó Katana. Sostuvo sus apuntes como prueba—. La idea es remontarnos a nuestros antepasados, al lugar de donde venimos. Se trata de investigar cómo las influencias del pasado determinan quiénes somos hoy, y hacia dónde podemos dirigirnos.

Sus padres asintieron y Katana continuó.

—Quiero que el personaje central de mi proyecto sea Onna. —Notó que la sonrisa de su madre se congelaba y que la mandíbula de su padre se tensaba—. Pero necesito saber más cosas de ella. —Dudó un instante—. Como, por ejemplo, qué le sucedió.

Se produjo un silencio prolongado e incómodo. Por fin, su padre se dirigió a su madre.

—Tal vez haya llegado el momento de que nuestra hija sepa la verdad —dijo.

El pulso de Katana se aceleró. Después de tantos años, por fin iba a saber qué había sido de Onna y por qué no se había despedido de ella. Temerosa de que sus padres cambiaran de opinión si añadía algo, permaneció en silencio.

Su madre parpadeó nerviosa y su padre le pasó el brazo por la espalda.

—Cariño, tu padre tiene razón. Tienes la edad y la fortaleza suficientes para saber la verdad.

Respiró hondo varias veces, como si quisiera armarse de valor.

Katana tomó una libreta para tomar apuntes.

Su madre bajó la vista y luego miró directamente a la cámara.

—Tu abuela —empezó lentamente— era una superheroína samurái.

La joven asintió. Eso ya lo sabía, aunque nadie se lo hubiera contado nunca.

—Onna mantenía muy en secreto sus misiones —continuó su madre—. En la última de ellas debía reunirse con un compañero de clase suyo. Igual que tú, cuando era adolescente estudió en un instituto especial para completar sus años de adiestramiento como guerrera samurái. Este compañero de clase, descubrí más tarde, era una criatura muy obstinada que siempre había admirado a Onna.

»Tu abuela estaba ansiosa por reunirse con él, pues era alguien que también tenía poderes y habilidades asombrosas, y Onna disfrutaba cuando estaba con personas semejantes a ella.

Katana observó el pizarrón de corcho que colgaba en la pared, lleno de fotos de sus amigos, y comprendió cómo debió de sentirse su abuela.

Su madre vaciló antes de continuar.

—Onna no regresó nunca de aquel encuentro. Hubo rumores de que su antiguo compañero de clase la había traicionado y ella había fallecido. Por qué lo hizo y qué quería exactamente, es algo que nunca sabremos.

Tanto Katana como su madre estaban llorando.

—Ser un superhéroe es peligroso —le advirtió su madre—. Pero si ésa es tu voluntad, si eso es lo que te dicta tu corazón, no nos interpondremos en tu camino. Es lo que Onna hubiera deseado.

La joven apenas podía respirar. La noticia que siempre había temido, la que en lo más hondo siempre había sabido (que Onna había muerto), era ahora una realidad confirmada. Deseó estar junto a sus padres para que la abrazaran, para poder abrazarlos a ellos. Ambos parecían muy afectados, igual que ella.

Katana les dio las gracias a sus padres y se despidió de ellos. Sentada en su habitación, pensando en Onna, se sintió vacía. Miró a su alrededor en busca de algo que la consolara y encontró la caracola. Al recogerla, se sintió reconfortada. A Onna le encantaba el mar. Entonces, se armó de valor e hizo algo que no era nada propio de ella.

—Batgirl —dijo, usando su pulsera de comunicaciones—. Te necesito. Y trae también a Barda.

En un instante, las dos súpers estaban en su habitación. Al verla tan deprimida, no le preguntaron nada, sino que hicieron lo que hacen las amigas: se fundieron con Katana en un largo y caluroso abrazo.

CAPÍTULO 12

Katana pasó todo el día siguiente muy callada. Es posible que Bumblebee y los demás se dieran cuenta de ello, pero no dijeron nada, y la dejaron tranquila. Era habitual que los súpers se sumergieran en una burbuja de silencio cuando el mundo en general, el instituto o el simple hecho de ser adolescente se volvían demasiado abrumadores. Una vez, por ejemplo, Wonder Woman había llegado a pensar en regresar a su hogar en Themyscira, y en muchas ocasiones Batgirl se retiraba a su Bat-Búnker para pasar un rato a solas con sus aparatos tecnológicos.

Katana se dirigía a la clase de Historia de Liberty Belle cuando Harley la alcanzó.

—¿Te comió la lengua el gato? —bromeó.

—Tengo muchas cosas en que pensar —contestó ella con diplomacia. A diferencia de Starfire o de Beast Boy, que nunca filtraban ni se guardaban nada, Katana reservaba los sentimientos más íntimos para ella misma.

—¡A mí me lo puedes contar! —dijo Harley, parpadeando. De un salto, se colocó delante de ella y le bloqueó el paso al mismo tiempo que conectaba la cámara–. No se lo diré a nadie –añadió guiñándole un ojo.

Como Harley no se movía, Katana saltó por encima de ella. Entonces la súper reportera saltó a su vez por encima de Katana, y así siguieron hasta llegar a la clase, en una extraña versión del salto del superhéroe.

–Harley –dijo por fin la superheroína asiática cruzándose de brazos–, necesito estar sola. ¿Puedes comprenderlo?

Su amiga sonrió y apagó la cámara.

–Claro, claro, claro –dijo–. Pero sé que llevas una gran historia en tu interior. Cuando estés lista para contarla, tendré preferencia, ¿verdad?

Katana sonrió. Su entusiasmo y energía infatigables eran difíciles de resistir.

–Por supuesto –dijo–. ¡Será toda tuya!

Harley se alejó gritando:

–Flash, Flash, detente, ¡quiero hablar contigo! Mis espectadores quieren saber de qué estás huyendo.

Katana se preguntaba si alguna vez había sabido cuál era su historia.

A pesar de que, como el resto de sus compañeros, Katana había jurado luchar por hacer del mundo un lugar mejor y más seguro, ahora más que nunca quería honrar el legado de su abuela. Sin embargo, la confirmación de la muerte de Onna seguía afectándola gravemente, y la distraía del proyecto de la clase de Historia y del resto de las tareas.

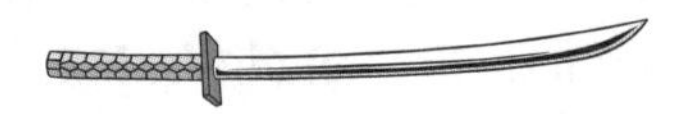

—El doctor Arkham te ayudará —le dijo la directora Waller—. Ha organizado un encuentro semanal llamado Asuntos Familiares, durante el cual se animará a los súpers a hablar sobre las presiones y los temores que se derivan de intentar cumplir con las expectativas familiares.

A petición de Waller, Katana había acudido a su despacho. Para la joven, que muy pocas veces se metía en líos, aquella era una sensación muy extraña. Bumblebee, ayudante de confianza de la directora, entraba volando de vez en cuando en el despacho para entregarle alguna nota, pero, como había menguado, parecía que los papelitos volaran solos.

Aunque Amanda Waller solía estar siempre ocupada dirigiendo Super Hero High, formando a los profesores que a su vez formaban a los nuevos súpers y supervisándolo todo y a todos, tenía la habilidad innata de captar el humor de cada uno de sus alumnos. A veces parecía que supiera lo que sentían antes incluso que ellos mismos.

—Estoy bien —insistió Katana—. No hay ningún problema.

De pequeña, le habían enseñado a no quejarse y a no compadecerse de sí misma.

Bumblebee, que había recuperado su tamaño normal, entró en el despacho y dejó una charola de té con miel sobre el escritorio. Antes de salir de nuevo le guiñó un ojo a Katana.

Waller estaba sentada muy quieta, cosa que puso nerviosa a la joven. No parpadeaba, y ella, que era capaz de aguantar la mirada a todo el mundo, tuvo que desviar la vista.

—Katana —empezó la directora. Tenía el rostro severo, pero había amabilidad en sus ojos—, no pasa nada por sentirse mal. A todos nos ocurre. Es lo que nos diferencia de los robots y de los drones. Quiero que sepas que estoy aquí para ayudarte. Es una promesa que he hecho a todos los padres que han confiado sus hijos a Super Hero High.

»El día que llegaste, me hablaste de tu abuela y me dijiste que tu sueño era estar a la altura de su legado. —Katana asintió—. Ahora que has sabido lo que le sucedió, ¿ha cambiado tu opinión sobre el hecho de estar aquí?

La joven levantó la vista, desconcertada.

—No, no, sigo queriendo estar aquí. Ahora más que nunca necesito estar en Super Hero High. Pero... ¡un momento! ¿Usted sabe lo que le pasó a mi abuela?

¿Quién se lo había dicho?, se preguntó. ¿Batgirl o Big Barda?

—Me llamó tu madre —le explicó la directora—. Ella me lo contó. Está preocupada por ti. Es difícil asumir este tipo de noticias. No deberías hacerlo sola. Me gustaría que te apuntaras al grupo del doctor Arkham. Si no quieres, no estás obligada a hacerlo, pero, Katana, ahora mismo tienes un gran peso sobre tus hombros y queremos ayudarte.

La joven reflexionó. Supergirl y Batgirl siempre estaban hablando de lo perspicaz que era el doctor Arkham. ¿Qué mal podía hacerle?

El despacho del médico estaba oscuro y había montones de libros y documentos apilados por todas partes; algunas de las pilas eran tan altas que amenazaban con desplomarse. Katana tomó asiento haciéndose un hueco en el círculo y saludó con un gesto al resto de los alumnos. Todos parecían algo avergonzados de estar allí. Reconoció a la mayoría y se sorprendió tanto de verlos allí como ellos de verla a ella. Pese a ser unos chicos tan dispuestos a ayudar a los demás, muchas veces los súpers tenían problemas para pedir ayuda para sí mismos.

—En este grupo la privacidad está garantizada —los tranquilizó el doctor Arkham. La magnífica cabeza calva quedaba realzada por una barba meticulosamente cuidada. Los lentes, por su parte, hacían que los ojos parecieran inusualmente grandes—. Gracias por venir al grupo de apoyo de Asuntos Familiares. Nadie está obligado a hablar. Nos hemos reunido aquí para compartir las presiones que se derivan de pertenecer a una familia de superhéroes. Sé que es difícil estar a la altura de las expectativas y las responsabilidades que los demás depositan sobre ustedes. Y también... —añadió, haciendo una pausa dramática— de la presión a la que ustedes mismos se someten.

—Mi madre es reina —dijo Wonder Woman. A Katana le extrañó que su amiga pudiera tener problemas. Siempre le había parecido fuerte y segura de sí misma—. Yo soy una princesa guerrera —continuó, mirándose las manos que tenía sobre el regazo—. Tal vez algún día seré reina y deberé estar a la altura del legado de mi madre, y eso me asusta. En comparación, deshacerme de Giganta o de unas cuantas Furias parece sencillo.

Los otros asintieron. Sabían de lo que estaba hablando.

—Mi padre siempre me compara con él cuando tenía mi edad. Y se le daban bien las matemáticas —dijo Ravager.

Katana respiró hondo cuando llegó su turno.

—Soy nieta de una superheroína —empezó—. Pero mis padres preferirían que no lo fuera. No me lo han dicho abiertamente, pero sé que es verdad. También soy consciente de que lo que hizo mi abuela, todo lo que consiguió, es un gran ejemplo de lo que significa servir a este mundo. Sólo espero poder conseguir una pequeña parte de lo que ella consiguió. Yo... yo...

No le salían las palabras. Todavía no.

—Buen principio. Gracias por compartirlo con nosotros. —Arkham asintió en dirección a Katana y luego dijo—: Demos paso al siguiente.

Miss Martian levantó la mano. Katana ni siquiera había advertido que estuviera en la sala.

—Sí, tú, la del fondo —dijo el doctor Arkham, señalando hacia las sombras.

—Yo... Se supone que soy una superheroína —empezó Miss Martian en voz baja. Sus compañeros tuvieron que esforzarse para oírla—. En mi familia, todos saben leer el pensamiento, pero mis poderes vienen y van. Tengo miedo de decepcionar a los demás.

Hubo un murmullo en la habitación, y todo el mundo asintió. Conocían esa sensación.

—Continúa —la animó Arkham.

—Algunas veces puedo leer el pensamiento con mucha claridad —dijo. Varios súpers se mostraron nerviosos e incluso el doctor se revolvió en su silla—. Otras veces sólo obtengo impresiones muy débiles. Mi tío me aconseja que tenga más seguridad. Más confianza. Pero... a mí me cuesta mucho...

Katana observó cómo la chica verde volvía a desvanecerse y anotó mentalmente que debía ser más simpática con ella. Había visto a compañeros suyos menospreciar a aquella extraterrestre de Marte, pero el hecho de que a veces no pareciera estar en la habitación no significaba que Miss Martian no existiera. Además, no sólo era amable, sino que había guiado a sus amigos hasta que pudieron encontrarla en los túneles y le había hablado de la caracola.

Katana se dio cuenta de que Miss Martian era mucho más de lo que parecía ser.

CAPÍTULO 13

—¿Cómo puedes no estar segura? —oyó decir Katana a Harley—. ¡Si es genial! ¡Yo soy genial! ¡Será genial!

Estaban en la biblioteca. Batgirl colocaba libros en las estanterías y se columpiaba del techo con su cable de escalar para llegar a los que estaban más altos mientras Supergirl iba de un lado a otro buscando materiales para el proyecto de la clase de Liberty Belle. Sentada delante de la supercomputadora, Hawkgirl dibujaba un árbol genealógico de sus ancestros y Beast Boy devoraba un sándwich de falafel. Soltó un enorme eructo y sonrió cuando todo el mundo se le quedó mirando.

—¿Pasa algo? —preguntó, claramente orgulloso de sí mismo—. Pues si creen que éste ha sido grande, esperen a ver cómo suena después de un almuerzo realmente gigantesco transformado en apatosauro.

Katana se dio la vuelta para ver lo que Harley estaba tramando. Había acorralado a Miss Martian, que empezaba a desvanecerse con rapidez.

—¡Va a ser un éxito seguro! ¡¡Una bomba!! —exclamó la reportera, y la súper de Marte se volvió casi invisible—. ¡Nadie se lo va a perder!

—¿Qué pasa? —preguntó Katana.

La extraterrestre hizo un esfuerzo por sonreír.

—He tenido una idea maravillosa —dijo Harley con entusiasmo. Dio un salto mortal hacia atrás—. Quiero que Miss Martian tenga su propio programa, un programa de telepatía. ¡Será genial para mis índices de audiencia! Será una sección fija en *Los Quinntaesenciales de Harley*. Imagínatela leyendo el pensamiento de los granujas de la CAD Academy o de algunos famosos y superestrellas... o, aún mejor, de los profesores que ponen exámenes sorpresa. ¡¡¡Genial!!!

Se volvió hacia donde había estado Miss Martian.

—¿Dónde se habrá metido? —preguntó, y echó a correr por la biblioteca, gritando—: ¡Miss Martian! Quiero hablar contigo.

—Harley se ha ido —dijo Katana por encima del hombro.

—Gracias —respondió una vocecita detrás de ella.

—No tienes que hacer nada que no quieras hacer, ¿sabes? —le aseguró.

Hubo un momento de silencio, y Katana dudó de si Miss Martian seguía o no a su lado. Cuando ya estaba a punto de irse, oyó una voz familiar que decía:

—No quiero usar mis poderes para hacer espectáculo. Si los utilizo, quiero que sea para hacer el bien, para ayudar, no para chismorrear ni subir los índices de audiencia de nadie. No es ético usar la telepatía de esa forma. Creo que sólo debo utilizarla para compartir conocimientos o en situaciones de emergencia, de vida o muerte...

La extraterrestre siguió hablando y Katana la vio aparecer ante sus ojos.

—No te preocupes por Harley. Mañana se le ocurrirá otra locura y se olvidará de la sección de telepatía. En cualquier caso, no leas nunca la mente de Harley. ¡Ve a saber lo que podrías encontrar! —bromeó Katana.

Las dos se echaron a reír.

—Eres un ser muy especial —añadió la súper asiática—. Harley se ha dado cuenta... y yo también.

Miss Martian se ruborizó al oír esto.

—Tú también eres especial —dijo mirándola. Hizo una pausa y respiró hondo—. Katana, tú has nacido para hacer algo grande. Algo que está en tu interior, esperando para salir.

La joven japonesa notó un escalofrío. No como cuando Frost la atizaba en la clase de Wildcat, ni como cuando Captain Cold trataba de congelarla en el Capes & Cowls. No, esto era diferente, y no estaba segura de si era bueno o malo.

—¿Qué pasa? —preguntó Katana.

Miss Martian negó con la cabeza.

—No lo sé —reconoció—. Es muy raro, estoy recibiendo impresiones de una fuente exterior. Como si una idea estuviera esperando pacientemente el momento adecuado para que la conozcas.

—¿Una fuente exterior...? No lo entiendo.

—Yo tampoco —dijo la súper de Marte—. Sin embargo, noto que algo inevitable va a suceder muy pronto, y tiene que ver contigo.

Katana era consciente de que la gente la tenía por una persona fuerte y segura de sí misma. El tipo de chica que toma decisiones. Wonder Woman y Supergirl siempre lo repetían. A veces, la confianza que tenían en ella le daba fuerzas. Pero como le pasa a todo el mundo, otras veces tenía sus dudas, sobre todo por la noche.

Cuando era pequeña, en Japón, sus padres trabajaban hasta tarde, como suelen hacerlo los profesores. Aunque los quería mucho, a ella no le importaba porque así podía quedarse con Onna. Ambas aguardaban ansiosas estos momentos especiales.

Ahora que de su abuela sólo le quedaban los recuerdos, los pensamientos de Katana avanzaban y retrocedían a toda velocidad, del pasado al presente, y viceversa. Recordaba cuando era más pequeña y aprendía a blandir la espada bajo la tutela de la mejor samurái del mundo, y luego volvía vertiginosamente al presente, a Super Hero High y a las espadas que por alguna razón habían acudido a ella... ¿Para qué? ¿Para que las guardara? ¿Para que las utilizara? ¿Para protegerla?

Intentaba mantenerse despierta cuando pensaba en estas cuestiones, porque si se quedaba dormida se arriesgaba a que la extraña pesadilla apareciera una vez más. Una pesadilla en la cual una forma invisible la perseguía, la alcanzaba y...

Siempre se despertaba sobresaltada por sus propios gritos, antes de poder ver qué era lo que la perseguía. La pesadilla ya era mala de por sí, pero ahora pensaba en ella durante el día, y eso empeoraba todavía más las cosas.

Cuando tenía algo de tiempo libre, cosa que no era nada frecuente ahora que se acercaba la fecha de entrega del proyecto del legado, Katana solía ir a visitar las espadas. Le gustaba tomarlas y probarlas. Las empuñaba, las blandía por encima de su cabeza y lanzaba envites adelante y atrás. Era un buen entrenamiento. Había quedado vacante la plaza de capitán del equipo de esgrima de Super Hero High y tenía intención de presentarse a las pruebas.

Las espadas eran muy sofisticadas, comparadas con la que Onna le había dado en su momento. Katana se preguntaba si alguna de ellas podría hacerla mejor en la batalla. Eran obras de arte únicas, y algunas estaban tan adornadas que no habrían quedado fuera de lugar en una galería de arte o en un museo. Por un instante, pensó en llevarlas a la clase de Arte de June Moone para enseñárselas. Era una lástima que las espadas estuvieran guardadas bajo llave.

—Probablemente no sea nada —dijo Star Sapphire. Le tocó ser pareja de Katana en el proyecto favorito de Waller, el Equipo de Limpieza, en el cual los súpers aprendían los unos de los otros mientras ayudaban a limpiar la ciudad de Metrópolis.

En teoría, los chicos y las chicas debían ayudar a reciclar y mantener limpia la ciudad, pero muchas veces lo que conseguían era acentuar todavía más el caos. Aquel día habían salido con el objetivo de limpiar Centennial Park y dar ejemplo a los jóvenes ciudadanos de Metrópolis.

Star Sapphire estaba haciendo levitar una bota vieja y desgastada con la luz solidificadora de color violeta de su anillo de poderes, y mientras lo hacía se rascaba la nariz con la mano que le quedaba libre. A unos metros de distancia, Katana pescó algunos periódicos viejos con su lanza corta, a la que llamaba *te yari*, y Supergirl sobrevolaba la escena cargando un contenedor de basura al que Sapphire acabó tirando la bota.

—¡Eh! —gritó Beast Boy, sacando la cabeza del contenedor—. ¡Ten cuidado dónde tiras las cosas!

—Gracias, Sapph —gritó Supergirl, sin detenerse—. ¡Basura! ¿Alguien tiene basura? ¿Quién tiene basura?

—Una vez, alguien le envió a mi madre un enorme cofre —explicó Star Sapphire a Katana—. Estaba sellado y tuvimos que avisar a un ejército de soldadores mutantes para abrirlo con rayos láser.

—¿Qué había dentro? —preguntó Katana. Vio unas bolsas vacías de papas fritas jalapeñas esparcidas por el suelo y las pinchó con la espada.

—No gran cosa —dijo Sapphire sacudiendo la cabeza. El cabello de color morado oscuro le ondeaba al viento como un anuncio de champú a cámara lenta—. Unas fotos viejas. Baratijas. Ni joyas ni oro. Nada de valor.

—Tal vez esos objetos eran valiosos para el antiguo propietario del cofre —reflexionó Katana.

—¡Exacto! —dijo Star Sapphire—. Esas espadas no tienen demasiado valor para ti. ¡Por favor! Es como si ahora alguien te pidiera que le guardaras los trastes viejos.

Katana reflexionó sobre el tema mientras seguían recogiendo basura. Un coche viejo abandonado cerca de la escuela, una bolsa llena de casquillos de bala, una pizza fría. Tal vez le habían enviado las espadas por alguna razón, pensó. ¿Debía utilizarlas? ¿Todas? A una sola persona le resultaría imposible.

—¡Espadas! —declaró Miss Martian.

Se encontraban en la clase de Armamentística de Lucius Fox, y éste les había concedido un tiempo libre para trabajar en cualquier cosa que tuviera que ver con la defensa. Katana acababa de abrillantar y pulir su espada. Para asegurarse de que tenía los poderes activos, Star Sapphire no dejaba de apuntar a la gente con su anillo morado y de comprobar los nombres cuando le sonreían. Bumblebee practicaba sus aguijonazos. Batgirl refinaba el pulverizador de su red magnética. Cheetah se entrenaba esquivando el Lazo de la Verdad de Wonder Woman y el pesado mazo de Harley.

—¡Espadas! —repitió Miss Martian.

—¿Ha acertado? —preguntó Poison Ivy a Katana.

Ésta asintió. Estaba pensando en espadas.

El señor Fox se acercó a la súper de Marte.

—¿Qué tal va? —preguntó.

Ella le dirigió una sonrisa tímida.

—Bien —dijo, y luego añadió—: Pero sigo teniendo problemas con mi superpoder. A veces pienso que estoy leyendo el pensamiento de alguien y en realidad estoy recibiendo ondas cerebrales aleatorias.

El profesor asintió.

—No es nada raro —le aseguró—. Tuve otro alumno de Marte al que le pasaba lo mismo. Pero estás progresando bien. Todo llegará.

Miss Martian se sonrojó y le dio las gracias a Katana, que estaba pensando cosas positivas sobre ella.

—¿En qué estoy pensando ahora? —preguntó Poison Ivy.

—¿En que te iría bien tener más tiempo para el experimento de Ciencias? —dijo la chica verde.

Ivy asintió.

—¿Y yo, en qué estoy pensando? —preguntó Katana.

—Todavía en espadas. Pero esta vez no te estaba leyendo la mente. Es que piensas mucho en espadas.

Volvía a tener razón. Katana no podía quitarse las espadas de la cabeza. Justo en ese momento, oyó un sonido muy extraño. Miró a Miss Martian, que se tapó los oídos, cerró los ojos y susurró:

—Vienen...

—¿Qué está pasando? —preguntó Katana, sin saber qué podían ser aquellos chasquidos.

Los demás también los habían oído. En la clase del señor Fox, todos miraban a Miss Martian o trataban de descubrir de dónde salía el ruido.

Esta vez, la chica tímida de Marte habló con una voz más alta y clara que nunca.

—Vienen hacia aquí.

SEGUNDA PARTE

CAPÍTULO 14

—¿Quién viene? —preguntó Harley al mismo tiempo que conectaba la cámara de video y enfocaba a Miss Martian—. ¿Qué es ese ruido? ¡Silencio, todo el mundo! ¡Estamos intentando oírlo!

—Ahora no, Harley —dijo con paciencia el señor Fox. Estaba claro que ya había lidiado antes con ella por lo mismo. El profesor de Armamentística se colocó entre las dos chicas, protegiendo a la extraterrestre de la personalidad invasiva de Harley.

Inclinándose hacia ella, le preguntó tratando de no intimidarla:

—¿Puedes decirme lo que está pasando? ¿Estás leyendo el pensamiento de alguien ahora mismo?

Miss Martian negó con la cabeza.

—No sé lo que me llega —dijo, poniéndose las yemas de los dedos en la frente y tapándose la cara—. Pero, sea lo que sea, se está acercando.

Justo entonces se produjo un estallido en el pasillo y acto seguido se escucharon los aullidos de Parasite:

—¡Fuera de aquí! —Todos oyeron cómo aplastaba algo con un trapeador mojado—. ¡Esto en la escuela no se hace!

Katana y los demás sacaron la cabeza por la puerta y vieron al conserje deambulando con el trapeador y la cubeta.

—Acabo de limpiar el suelo —dijo, enfadado—, ¡y lo han pisoteado!

—¿Quién lo ha pisoteado? —preguntó Batgirl. Había sacado una lupa de visión intensificada de su cinturón multiusos y estaba inspeccionando la escena. No veía demasiado, sólo pequeños trazos que se iluminaban de rojo bajo la luz ultravioleta de la lupa.

—Son ellos —dijo Miss Martian, como si estuviera en trance—. Han llegado.

Katana y los demás miraron el suelo mojado, pero no vieron nada.

—¡Bichos! —renegó Parasite—. Se movían tan rápido que no he llegado a verlos bien.

—¿Eran parademonios? —preguntó Big Barda, corriendo pasillo abajo. Tenía una expresión esperanzada—. Echo de menos a esas pequeñas criaturas.

—Es más probable que haya sido algún roedor —intervino Beast Boy—. Son criaturas astutas.

Para demostrarlo, se convirtió en un ratón verde y se lanzó a perseguir a Frost, que odiaba tanto a los ratones que la simple visión de uno de ellos era suficiente para quebrar su comportamiento normalmente tranquilo.

—Bien, fueran lo que fuesen, ahora ya no están, y no parece que sean una amenaza —dijo el profesor Fox, conduciendo a los alumnos de vuelta a la clase—. Frost, deja de lanzar témpanos a Beast Boy. Beast Boy, deja de ser un ratón. Sean lo que sean, Parasite ya se ocupará de ellos.

Katana miró a Miss Martian, que se encogió de hombros. Era su forma de pedir disculpas porque había perdido las vibraciones anteriores. Para los demás, el episodio había sido una simple distracción de la clase, pero Katana no podía evitar pensar que los misterios la perseguían.

Aunque tenían la agenda repleta con los proyectos artísticos de June Moone, las pruebas armamentísticas de Fox, los rediseños de trajes de Crazy Quilt, las demostraciones forenses del comisario Gordon y las tareas informáticas de Doc Magnus, la mayoría de los súpers estaban concentrados principalmente en el proyecto sobre el legado de Liberty Belle. Y Katana más que nadie.

–¿Qué sabemos de Japón? –preguntó Liberty Belle.

Batgirl levantó la mano.

–Japón es un conjunto de islas situadas en el extremo oriental de Asia. Los seres humanos llegaron hace más de treinta mil años...

La experta en informática continuó hablando durante cinco minutos más, ofreciendo una amplia historia del país. Liberty Belle asintió complacida y dio paso a Katana.

–Gracias, Batgirl. Ahora buscaremos una perspectiva más personal. Katana –dijo–, ¿puedes hablarnos un poco del lugar donde te criaste?

De pronto se oyó un ruido, como si alguien estuviera dando muchos golpecitos seguidos. Liberty Belle lo ignoró. Los profesores eran expertos en ignorar distracciones. Poco a poco, el ruido se fue esparciendo por todo el instituto. Pero nadie supo discernir de qué se trataba.

Algunos profesores fingieron que no lo oían. Otros, como Crazy Quilt, corrieron arriba y abajo intentando descubrir su origen. Y Wildcat, el profesor de Educación Física, pateaba y gruñía cada vez que el correteo se acercaba.

—Ignoren ese ruido —dijo Liberty Belle—. Katana, por favor, continúa.

—Nací en la prefectura de Tottori —dijo la joven, sonriendo al recordar su pueblo costero—. Tiene las dunas de arena más grandes de Japón, e incluso hay un museo dedicado a las esculturas de arena. Cerca del monte Kyusho se hallan las ruinas del castillo de Tottori. Me encantaba subir allí para contemplar la ciudad desde lo alto.

Mientras Katana seguía contando a sus compañeros de clase las particularidades de su ciudad natal, los demás empezaron a soñar despiertos en sus respectivos lugares de origen, y algunos hasta sintieron algo de añoranza. Liberty Belle le sonrió a Katana cuando ésta terminó. Big Barda se inclinó hacia ella y susurró:

—Ojalá yo fuera de Tottori. Mi tierra natal es Apokolips, ¡y no quiero regresar jamás!

Supergirl no pudo evitar oír la conversación.

—Ahora tu hogar es éste, con nosotros —le recordó a Barda—. No tienes necesidad de volver allí.

Katana le dio la razón con un gesto. Apokolips era un lugar desolado e implacable. Fue allí donde Granny Goodness había adiestrado a su ejército de Furias Femeninas, Big Barda entre ellas. Pero, a diferencia de las otras Furias, Barda no tenía ningún deseo de conquistar otros mundos. Quería ser superheroína y estaba dispuesta a demostrarlo en Super Hero High.

—¿Pueden prestarme atención, por favor? —tronó una voz.

Todas las cabezas se volvieron hacia la pantalla de video situada en la parte frontal de la sala. La imponente presencia de la directora Waller apareció en ella.

—Súpers —comenzó—, como muchos de ustedes ya habrán deducido, tenemos un problema de bichos en Super Hero High. Es más una molestia que otra cosa, pero se trata de una distracción y un trastorno que no podemos permitirnos. Por lo tanto, si alguien tiene alguna información o alguna idea de cuál puede ser la causa, ¡que me lo haga saber de inmediato!

Hubo un gran alboroto en el aula después de que Waller se desconectara. La teoría más generalizada era que la culpa la tenía la nueva experta en tecnología que había sustituido a Batgirl. Lena Luthor había resultado ser una villana. Había creado unos kryptomitas y los había soltado por el instituto antes de ser descubierta y capturada. Aquellos pequeños seres molestos y multicolores podían llegar a ser muy destructivos, y aún no los habían localizado a todos.

Terminado el anuncio de Waller, en el pasillo que conducía a la clase de Liberty Belle, Parasite estaba más irritable que de costumbre. Aquellas criaturas que nadie era capaz de ver lo estaban volviendo loco. Pensó que la culpa la tenía Granny Goodness, la antigua bibliotecaria que Supergirl, Batgirl y el resto de los súpers habían derrotado en una épica batalla.

—Probablemente dejó atrás algunos de sus parademonios para fastidiarme —decía a todo aquel que quisiera escucharlo.

Al igual que los kryptomitas, los parademonios eran pequeños y tenían afán de destrucción.

—Si encuentro a uno, ¿me lo puedo quedar? —preguntó Big Barda—. ¡Cuidaré bien de él, lo prometo!

—¡Te los puedes quedar todos! —dijo Parasite.

Barda sonrió sólo de pensarlo.

Granny había sido la responsable de las malvadas criaturas, pero todas habían sido capturadas junto a ella, o por lo menos eso es lo que creía la gente.

—También podrían ser ratones o minirrobots, o esas nuevas tortugas-serpiente de las que todo el mundo habla —dijo Beast Boy mientras colocaba unas trampas.

Harley lo grababa todo en video, entorpeciendo el trabajo de los demás.

—Cuéntamelo todo —le pidió, antes de machucarse el dedo con una de las trampas y ponerse a gritar.

Beast Boy resopló y señaló a Arrowette y a los demás, que estaban ayudando a colocar jaulas metálicas alrededor de la escuela.

—Soy el presidente del AF —explicó—, el club de Amigos de la Fauna, y hemos creado un programa de caza y puesta en libertad. ¡Después de capturar las criaturas, encontramos su hábitat natural y las dejamos allí!

Pero, a pesar de que todo el mundo estaba en alerta máxima, nadie había visto todavía las criaturas, aunque todos podían oír cómo correteaban. De vez en cuando, alguien pensaba que había visto algo...

—¡Son microscópicas y hay millones!

—¡Son pequeñas, pero tienen unas garras enormes!

—¡El ruido se debe al rechinar de sus horribles dientes!

—¡Se trata de una única criatura, pero parece un ciempiés con cientos de pequeños cascos de caballo!

Katana habría deseado detener aquel ruido. Por alguna razón, parecía que la siguiera especialmente a ella. Al principio pensó que era una coincidencia. Pero más tarde la Sociedad de Detectives Junior realizó unas pruebas y descubrió que, en efecto, el ruido siempre era más evidente allí donde la súper asiática se encontraba.

—Es como si quisieran captar tu atención —le dijo Bumblebee cuando los detectives terminaron el análisis.

Y lo han conseguido, pensó Katana. ¿Y ahora, qué?

CAPÍTULO 15

—La Tierra a Katana, la Tierra a Katana —bromeó Poison Ivy.

—¿Vas a comértelos? —preguntó Wonder Woman, señalando el plato de camotes fritos que tenía delante.

—¿Cómo? Ah, no, puedes comerlos, si quieres —dijo Katana. Las chicas estaban en el Capes & Cowls Café, y Katana pensaba en la posibilidad de ser la capitana del equipo de esgrima. Onna se habría sentido muy orgullosa de ella, si lo conseguía.

Recordaba cómo su abuela la entrenaba a diario en el manejo de la espada. «Agárrala así —le decía, mostrándole cómo hacerlo—. No es necesario agarrarla tan fuerte. Fúndete con el arma.»

—¡Dámelo! —gritó alguien.

De pronto, el silencio cortó el ambiente de la cafetería como un cuchillo.

Steve Trevor se había quedado petrificado. Al instante, Wonder Woman se colocó junto a él. Levantó el escudo para proteger al chico de la enorme criatura reptil que tenía la mala costumbre de atracar bancos, tiendas y restaurantes. Aunque contemplaba la escena desde la otra punta de la cafetería, Katana comprendió que el apodo de Killer Croc encajaba perfectamente con la actitud salvaje del mastodonte escamoso.

Batgirl echó mano a su Batarang. Katana acarició la espada. Big Barda empuñó la Mega Rod.

—El dinero está en la caja fuerte... —dijo Steve Trevor.

—Yo te creo —siseó Croc, sonriendo y mostrando una dentadura irregular—. Pero mi amigo no.

Hizo un gesto hacia un enorme tiburón humanoide de color gris que estaba picoteando de los platos que Steve acababa de servir a sus clientes.

—No vamos a seguir manteniendo esta conversación —dijo Wonder Woman. Miró a los clientes del Capes & Cowls, la mayor parte de los cuales se habían puesto a cubierto bajo las mesas—. Fuera, fuera. Yo me ocupo de esto.

—Escucha, jovencita —dijo Croc. A su pellejo escamoso le habría ido bien una crema hidratante—. Estamos hablando de dinero, no de ti. Te sugiero que te largues antes de que alguien resulte herido. —Hizo un gesto hacia el enorme delincuente que contemplaba la escena con una expresión amargada en su rostro malsano—. ¿Verdad que sí, compañero?

King Shark terminó de dar cuenta de un pastel de melocotón y caminó hacia los otros, dejando a su paso un gran charco de agua marina.

—¡Este sitio es un vertedero! —dijo, levantando una mesa y lanzándola hacia el otro extremo de la sala—. O por lo menos, lo será, cuando haya terminado con él.

La mesa estaba a punto de impactar contra un alumno de Metrópolis High, pero Wonder Woman chasqueó el Lazo de la Verdad y la interceptó apenas a unos centímetros de la cabeza del chico, y con el mismo movimiento la lanzó de vuelta hacia King Shark.

Croc se echó a reír, se irguió y dio un manotazo a un vaso lleno de tenedores y cuchillos, los cuales salieron volando a una velocidad letal y se clavaron en las paredes.

Los clientes que no eran superhéroes empezaron a dispersarse mientras Wonder Woman los protegía con el escudo y Barda estampaba la Mega Rod contra los pies gigantescos de Croc. El veloz misil hizo perder el equilibrio al delincuente, que no se cayó sobre Katana porque ella reaccionó rápidamente y se apartó. De pronto oyó que alguien susurraba: «¡El letrero!» y miró hacia arriba. ¡Claro! El letrero de neón del Capes & Cowls, pensó. Apuntó hacia la cadena que lo sujetaba al techo y partió el metal con la espada. Al soltarse, el letrero cayó... encima de Croc. Desconcertado, el monstruo miró a su alrededor rugiendo.

Katana retrocedió un paso, respiró hondo e inició la cuenta atrás. «¡Tres..., dos..., uno!» Entonces se lanzó hacia delante con una serie de marometas, tras la última de las cuales le propinó una patada en el pecho a Croc. Mientras éste se tambaleaba, Batgirl liberó una pequeña dosis del gas lacrimógeno repelente de reptiles con el que había estado experimentando. A Croc se le hincharon y enrojecieron los ojos y se puso a toser y a estornudar. Wonder Woman aprovechó para envolverlo con el Lazo de la Verdad y hacer que el cuerpo grande y voluminoso del malvado delincuente se estrellara contra el suelo, bien atado.

—¿Tienes algo que decir? —preguntó Wonder Woman.

—Quiero irme a casa —gruñó Croc.

—Lástima —dijo Batgirl—. Porque vas a ir a la cárcel.

¡Zas!

En la otra punta de la cafetería, King Shark se tocaba un chipote enorme en un lado de la cabeza, resultado del golpetazo con la mesa.

—Lo siento mucho —dijo Supergirl.

Cyborg entró de sopetón en el momento en que King Shark descubría los blancos colmillos y se abalanzaba sobre Supergirl. La chica se apartó volando justo a tiempo para evitar el ataque de la criatura, que mordió sin querer el brazo metálico de Cyborg.

Todos los presentes hicieron una mueca de dolor. Aquello debía de doler.

—Por favor, no abolles el metal —dijo Cyborg, impertérrito—. Me acaban de pulir y dar brillo.

Mientras King Shark se frotaba la mandíbula dolorida, Frost congeló al bruto contra la máquina de discos y Beast Boy se transformó en oso polar y se puso a hacer guardia.

—Villanos, han elegido el lugar equivocado para robar —dijo Cheetah, mientras Wonder Woman recorría la sala asegurándose de que todo el mundo estuviera bien. La súper felina sacó el teléfono y marcó el 911.

—Cheetah al habla... Sí, esa Cheetah. Quiero denunciar un intento de asalto.

Todavía no había colgado el aparato cuando el sonido de las sirenas inundó el aire. El comisario Gordon irrumpió en la cafetería, seguido de cerca por la capitana Maggie Sawyer y un contingente numeroso de agentes de la Unidad Especial contra el Crimen de Metrópolis. El comisario saludó a Batgirl y a los demás.

—Buen trabajo, súpers —dijo.

—De nada —dijo Beast Boy, señalando a sus compañeros—. ¡Un aplauso para todos!

En medio de aplausos y porras generalizados, el comisario Gordon esposó a Croc y a King Shark usando el dispositivo megafuerte que su hija, Barbara Gordon (que pocos sabían que era Batgirl), había diseñado para la Unidad Especial contra el Crimen.

—¡Volveré! —amenazó King Shark.

—No lo creo, si depende de nosotros —dijo Katana.

Antes de salir, el comisario Gordon se volvió y dijo:

—La Unidad Especial contra el Crimen de Metrópolis les da las gracias. ¡Llevábamos semanas buscando a esta pareja!

Los súpers sonrieron. Siempre era agradable escuchar alabanzas, sobre todo si provenían de un profesor que además era el comisario de policía.

—Que todo el mundo esté muy alerta. Tengan mucho cuidado. Suerte para todos —concluyó.

Katana miró a Wonder Woman. Estaba consolando a Steve Trevor, que parecía muy afectado.

—Gracias, Wonder Woman. —El chico se levantó—. Gracias a todos los superhéroes que han capturado a los delincuentes, y a todos los clientes de Capes & Cowls por haber mantenido la calma. ¡La casa invita un licuado de fruta y pastel de zanahoria!

La cafetería se había llenado de charlas y de risas. Todo el mundo repasaba lo que había ocurrido, exagerando y embelleciendo el papel de cada uno en la detención de los dos criminales en busca y captura. Wonder Woman y Supergirl se habían ofrecido a ayudar a Steve a servir la comida, así que éste, en vez de tardar una hora haciendo múltiples viajes, sirvió todos los pedidos en apenas unos minutos gracias a la ayuda de las chicas.

Katana se relajó por fin y mordisqueó el pastel de zanahoria, contenta de observar a la gente que charlaba. Algunos clientes del restaurante daban las gracias a Big Barda. Parecían especialmente impresionados por cómo había utilizado la Mega Rod. Y aunque ella parecía incómoda con los halagos, Katana percibía que interiormente se sentía complacida.

Batgirl mostraba a Arrowette su nuevo gas lacrimógeno, y ya hablaba de posibles maneras de incrementar su potencia.

—En esta ciudad, nunca sabes cuándo te vas a enfrentar a hombres-reptiles —decía, y Arrowette asentía, totalmente de acuerdo con ella.

Parado en medio de la sala, Beast Boy acaparaba la atención, e iba preguntando a la gente si alguien quería un autógrafo en el menú.

—Fue una muestra asombrosa de trabajo en equipo —decía Lois Lane, la reportera adolescente, que estaba grabando el flash para las noticias del sitio web del *Daily Planet*—. ¡Cuando se trata de salvar vidas, los chicos y las chicas de Super Hero High saben lo que hacen!

Katana se preguntó si realmente ella sabía lo que hacía. Ni siquiera estaba segura de lo que pasaba con su propia vida. Tenía muchas cosas en que pensar. Unas criaturas desconocidas, aparentemente inofensivas dejando aparte las distracciones cada vez mayores que causaban, la seguían por todo el instituto. Cien espadas habían recorrido un largo camino hasta encontrarla, ¿o había sido al revés? Y todavía no había digerido la noticia de la desaparición de su abuela. ¿Quién podría haber acabado con Onna, y por qué? ¿Por qué?

«Como superheroínas», le había dicho una vez su abuela, «nuestras horas no nos pertenecen.»

«Pero ¿por qué siempre tienes que dejarme sola?», había preguntado Katana, frunciendo el entrecejo.

«Siempre regreso», la había consolado Onna. «Siempre estoy a tu lado.»

—¿Más pastel? —preguntó Steve.

—¿Qué?

Katana meneó la cabeza, sorprendida de ver que todavía se encontraba en el Capes & Cowls.

—Sí, claro —dijo una voz desde el otro lado de la mesa.

La joven se fijó en el plato vacío. Miss Martian estaba sentada a la mesa.

—Gracias —dijo a Steve. La extraterrestre dio un buen bocado y le sonrió a Katana, quien le devolvió la sonrisa.

—Nos has ayudado a capturar a esos monstruos, ¿verdad? —dijo.

Miss Martian asintió.

—Simplemente les leí el pensamiento y, al saber cuáles iban a ser sus siguientes movimientos, les susurré a algunos de los súpers lo del letrero.

—¡El letrero de neón! —dijo Katana, cayendo en la cuenta—. Me indicaste dónde estaba para que yo lo utilizara para neutralizar a Croc.

Miss Martian sonrió y Katana supo que no se había equivocado. Miró a Beast Boy y a los demás, que seguían de celebración.

—¿Por qué no saludas? —dijo.

Miss Martian negó con la cabeza.

—Ser un superhéroe no es una cuestión de gloria —respondió—. Se trata de poder ayudar en algo.

Katana la abrazó. Onna habría dicho una frase parecida. El recuerdo de su abuela la reconfortó y una sonrisa se dibujó en su rostro.

CAPÍTULO 16

—Es más una molestia que una situación de crisis —estaba diciendo Katana. Hablaban de los bichos o criaturas que parecían haberse encaprichado con ella.

Le gustaba lo que Poison Ivy llevaba puesto aquel día, un vestido con varias capas de gasa de colores que se mecían cuando andaba y, como siempre, flores en el cabello suelto. Ella prefería las líneas lisas y atrevidas, y el negro funcional. El traje de samurái de su abuela era así. Por muchos adornos y detalles que tuviera, seguía transmitiendo una sensación de fuerza y funcionalidad.

Onna siempre dejaba que se probara su uniforme. La primera vez se echó a reír al ver a la pequeña Katana enterrada bajo el tamaño y el peso de la armadura. Pesaba tanto que la niña se cayó de espaldas y su abuela tuvo que ayudarla a levantarse.

«Algún día», le dijo a la avergonzada y llorosa Katana, «serás lo suficientemente grande y fuerte para llevarlo.»

«Pero todavía falta mucho», había dicho una voz. Ambas alzaron la mirada y se sorprendieron al ver al padre de Katana observándolas desde el umbral de la puerta. «Y además, todavía cabe la posibilidad de que siga los pasos de sus padres y se haga maestra.»

Onna asintió ligeramente.

«Hay muchas formas de ser maestra», le recordó a su yerno. «Katana debe seguir lo que le dicte el corazón, como hice yo, como hizo su madre y como hiciste tú.»

«Me parece justo», había dicho su padre antes de retirarse. Pero parecía preocupado.

—Estábamos pensando en la manera de capturar a esos bichos —decía Bumblebee. Volaba junto a Katana y Poison Ivy en dirección a Centennial Park, para compartir ideas. El gran parque estaba lleno de ciudadanos de Metrópolis y alumnos de las escuelas cercanas. Beast Boy había ido a visitar a sus amigos del zoológico. Frost congelaba el lago para que la gente pudiera patinar sobre hielo, a pesar del calor que hacía. Los manteles de pícnic moteaban el césped y los que jugaban a lanzar el disco volador saltaban por encima de ellos mientras los súpers sobrevolaban la escena.

—Éste parece un buen sitio —dijo Poison Ivy. Desplegó el mantel y Bumblebee abrió el cesto de mimbre lleno de bocadillos, quesos, fruta y, por supuesto, miel.

—Estoy pensando que tal vez las trampas que Beast Boy y los otros han colocado están ahuyentando a los bichos —dijo Bumblebee, vertiendo una generosa cantidad de miel sobre una gruesa rebanada de pan acabado de hornear en Butterwood's Bakery.

Katana también lo había pensado.

—Tal vez los bichos sean tímidos —dijo Poison Ivy. Pasó la sandía y el melón a Katana, que los lanzó al aire para cortarlos, primero en rebanadas y luego en pequeñas estrellas, medias lunas y otras formas, que Bumblebee fue recogiendo en el bol que sostenía. Poison Ivy añadió uvas para hacer una ensalada de frutas y separó las semillas de melón para utilizarlas como abono para su jardín orgánico.

—En vez de ahuyentarlos, ¿por qué no les preparamos un lugar cómodo y amable? —dijo.

Bumblebee asintió y añadió todavía más miel al pan. Dio un bocado y luego dijo:

—No tenemos ningún motivo para pensar que quieran hacernos daño. Y parece que se han encariñado contigo, Katana. Creemos que si te muestras más receptiva, en vez de huir siempre de ellos, al final saldrán al descubierto. Tal vez sean kryptomitas, parademonios o alguna cosa totalmente distinta, pero no lo sabremos si no dejamos de jugar a las adivinanzas y empezamos a ser proactivos.

—Tenemos que hacer algo al respecto —añadió Poison Ivy—. Deberías haber visto al subdirector Grodd. Acaba de volver de unas vacaciones en Gorilla City y estaba muy relajado hasta que oyó corretear a los bichos. ¡De pronto ha recuperado su personalidad tensa habitual! Está tan irritado que se dedica a castigar a los súpers que están demasiado callados. Prefiere soportar nuestro ruido que oír el que hacen esos bichos.

Katana había visto los efectos que provocaban las criaturas. Aunque eran pequeñas y probablemente inofensivas, era como cuando hay una mosca en la habitación y no puedes prestar atención a ninguna otra cosa. Aquella misma mañana, en la clase de Prácticas de Vuelo, se había producido una colisión en el aire porque el superoído de Supergirl estaba concentrado en los bichos, en vez de prestar atención al profesor Red Tornado.

Katana mordió una pieza de melón en forma de mariposa. Era dulce, jugosa y estaba tan rica como el caramelo más bueno del mundo. Pensó en las sugerencias de sus amigas. Quizá fuera buena idea dejar de ahuyentar a esos bichos y enfrentarse a ellos. ¿Por qué no? No tenía nada que perder.

Al día siguiente, en la clase de Arte de June Moone, Katana trató de oír el rumor familiar de las pequeñas criaturas. Pero lo único que oía era a su profesora hablando del arte que imita la vida. ¿O quizá era al revés?

—El arte nos rodea por todas partes —decía June Moone mientras serpenteaba por las grandes mesas donde se sentaban los súpers. Se quitó la capucha. Katana contempló admirada el pasador de esmeralda que llevaba en la cabeza—. En efecto, hay arte en la escultura, la pintura, la música y en muchas cosas más —continuó—. Pero el modo en que afrontas la batalla, el modo en que luchas por la justicia y salvas vidas, también puede ser un arte. Para la tarea de hoy, quiero que piensen en el modo en que su vida conforma su arte, y viceversa. Después nos dividiremos en grupos pequeños y discutiremos sobre el tema.

Katana recordó las reuniones de Asuntos Familiares del doctor Arkham. Aunque las sesiones semanales la habían ayudado a sentirse mejor, no le habían servido para resolver los misterios de las espadas y los ruidos.

«Deben identificar y enfrentarse a lo que les cause estrés», había dicho recientemente el doctor al grupo.

Katana estaba desconcertada. ¿Qué significaban las espadas? ¿Qué eran aquellos ruidos? ¿Cómo podía enfrentarse al estrés si ni siquiera sabía qué significaban las cosas que se lo provocaban?

Los bichos habían dejado de seguir a Katana. ¿Se habían enterado de que tenía la intención de enfrentarse a ellos? Cuando caminaba por los pasillos, escuchaba con atención, pero no oía nada. De hecho, empezaba a echar de menos aquellos crujidos a los que ya se había acostumbrado.

En la puerta del gimnasio había un cartel que decía: **PRUEBAS PARA ELEGIR AL CAPITÁN DEL EQUIPO DE ESGRIMA**. Katana abrió la puerta. Cyborg, Arrowette y Lady Shiva alzaron la mirada.

—Vaya, la dificultad de estas pruebas acaba de multiplicarse por cien —dijo Cyborg, saludándola.

—Yo estoy al máximo —anunció Lady Shiva, levantándose y haciendo estiramientos.

—Vamos allá —dijo Arrowette—. Buena suerte para todos.

Katana estudió a sus rivales y tomó nota de las habilidades especiales de cada uno de ellos.

—Sí, buena suerte para todos —dijo con sinceridad. Tenía muchas ganas de ser capitana del equipo, pero deseaba lo mejor para los demás.

La competencia era feroz. Esto era algo habitual entre los súpers, pero en definitiva, aunque Arrowette tenía muy buena puntería, Lady Shiva no erraba ningún movimiento y Cyborg desbordaba habilidades y potencia, pronto quedó claro que Katana era la más adecuada para el puesto. Personificaba todo lo que eran capaces de hacer sus compañeros, y mucho más.

—Felicidades, Katana —dijo Wildcat. Los otros se esforzaron por alegrarse por ella—. ¡Eres nuestra nueva capitana del equipo de esgrima!

—A ver..., he hecho una lista con las razones por las cuales encajaría perfectamente en el puesto —dijo Katana, sacando una hoja de papel que llevaba doblada en los pliegues del traje—. También he ideado una serie de estrategias y ejercicios de esgrima para el equipo, como ejemplo de lo que soy capaz de hacer.

—Me parece que no me has oído —dijo Wildcat—. ¡Has ganado el puesto, Katana! No será una tarea fácil, andamos escasos de espadas y no esperamos la siguiente remesa hasta dentro de un mes. Además, el equipo es bastante nuevo, de modo que habrá que intensificar los entrenamientos. ¡Pero si estás dispuesta a liderarlo, adelante!

Ella asintió con entusiasmo. Se sentía perfectamente capaz de conseguirlo.

De vuelta a la residencia, se sentía ligera. ¡Era la nueva capitana del equipo de esgrima! Estaba ansiosa por contárselo a sus padres. Estarían muy orgullosos de ella. ¡Y entonces oyó los crujidos! ¡Las criaturas habían vuelto! Disminuyó el paso y el ruido también aminoró. Aceleró y ellos también. Tal como había planeado, salió y se dirigió al Jardín de la Armonía.

Poison lo había rodeado de un seto alto, pero había dejado una abertura secreta que sólo Bumblebee, Katana y ella conocían. Sabían que un lugar de meditación como el jardín podía ser el sitio ideal para atraer a las criaturas responsables de los sonidos. No era una trampa, sino un espacio donde estar tranquilos.

Accedió al interior por la abertura y, una vez dentro, se vio rodeada por plantas lustrosas y flores fragantes. Era un lugar seguro y acogedor. Lentamente, se sentó sobre la hierba verde y suave.

—¿Quieren decirme quienes son? —preguntó.

Se escuchó un ligero crujido detrás de los arbustos.

—No tengan miedo —dijo Katana, tal como Poison Ivy y Bumblebee le habían sugerido—. Aquí están seguros.

Silencio. Lo único que oía eran las risas de algunos súpers que caminaban por el campus. Se dio cuenta de que los bichos habían vuelto a desaparecer. Estaba sola. ¿Los había puesto nerviosos? ¿Los había ahuyentado? Pero cuando ya estaba levantándose, se sorprendió al ver unas hojas que caminaban hacia ella.

CAPÍTULO 17

—¿Cangrejos? —dijo Bumblebee, mientras levantaba divertida una de las hojas en movimiento—. ¡Son monísimos!

—Parecen un poco enfadados —comentó Poison Ivy, mirándolos y saludándolos con la mano. Las pequeñas criaturas permanecían camufladas bajo las hojas, pero tuvo la sensación de que le respondían.

Katana observó a los pequeños cangrejos, que a su vez la miraban desde el suelo. Eran apenas un poco más grandes que su propio puño. Había oído hablar de ellos. Onna le había explicado cosas de los Cangrejos Fantasma, «siempre presentes, raras veces vistos», pero Katana pensó que eran otra de las leyendas de su abuela. A Onna le encantaba contarle historias de dragones que volaban, de cangrejos que hablaban, de batallas, victorias y derrotas.

Durante las investigaciones de Katana para el proyecto del legado, Liberty Belle le había sugerido que estudiara los mitos y leyendas japoneses, y había descubierto que algunas contiendas se alargaban durante generaciones, pero que historias como la de las familias enfrentadas que terminan convirtiéndose en piedra no eran más que leyendas. Había aprendido que la legendaria *Espada Invencible* (también llamada espada *Muteki*) nunca había sido encontrada. Y supo que la leyenda de los Cangrejos Fantasma se remontaba a los tiempos de los samuráis y tenía implicaciones míticas. Luego había abandonado esta línea de investigación y se había centrado en las hazañas auténticas de su abuela como superheroína samurái.

Se puso en cuclillas y se dirigió al cangrejo reluciente que parecía ser el más atrevido y temerario del grupo.

—¿Han venido a encontrarse conmigo?

El cangrejo se quitó la hoja de encima y le dedicó una pequeña inclinación.

—No les haremos daño —prometió Poison Ivy.

—¡Miren! —dijo Bumblebee, asombrada.

A su alrededor, las plantas empezaron a crujir. Uno detrás de otro, más y más Cangrejos Fantasma fueron apareciendo. Eran todos distintos, y en el caparazón llevaban dibujado el rostro de un guerrero. Se colocaron en posición de firmes, en diez hileras perfectas de diez cangrejos cada una.

—Creo que quieren decirte algo —dijo Poison Ivy—. Pero ¿qué?

Katana sacudió la cabeza. Deseaba que Miss Martian estuviera allí. Tal vez ella podría ayudarla. Se arrodilló, y justo cuando estaba a punto de empezar a hablar con ellos, sonó la alarma de la escuela.

«¡¡¡SIMULACRO DE SALVAMENTO!!! ¡¡¡SIMULACRO DE SALVAMENTO!!! ¡¡¡SIMULACRO DE SALVAMENTO!!!», retumbaron los altavoces.

—¡Tenemos que informar a los demás! —exclamó Bumblebee, que enseguida emprendió el vuelo y se puso a gritar—: ¡Simulacro de salvamento!

Katana la vio alejarse y luego se volvió hacia los Cangrejos Fantasma. ¡Pero habían desaparecido!

Si Poison Ivy y Bumblebee no los hubieran visto también, habría pensado que todo aquello había sido una mala jugada de su imaginación desbordante, después de tanto investigar la historia y la sabiduría popular japonesas. Pero, por mucho que quisiera, ahora no tenía tiempo para buscar a los cangrejos, porque la alarma del simulacro seguía sonando.

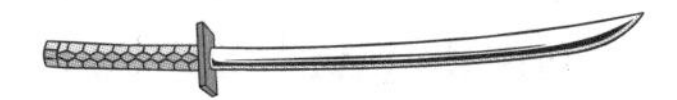

—¿Qué crees que nos harán hacer esta vez? —preguntó Hawkgirl a Katana mientras sobrevolaban las montañas en dirección al mar. La súper asiática estaba probando el prototipo de mochila cohete en el que Batgirl había trabajado en la clase del profesor Fox. Los simulacros de salvamento permitían a los súpers poner a prueba sus habilidades, experimentar con nuevas armas, exhibir sus poderes en situaciones reales y calibrar sus reacciones en caso de crisis.

—¿Cómo dices? —respondió Katana. Pensaba en los Cangrejos Fantasma. ¿Por qué habían aparecido en Super Hero High? ¿Y qué querían de ella?

Se ajustó las correas de la mochila cohete. Le encantaba que Batgirl siempre estuviera creando nuevos aparatos para ayudar a los súpers. Esperaba que la batería estuviera completamente cargada. Había visto lo que le había pasado a Cyborg con la potencia baja.

Starfire, otra alumna de un mundo lejano, y Supergirl surcaban los aires junto a ellas. En el momento en que viraron hacia el desierto, la súper de Krypton gritó:

—¡Próxima parada, Sedona, Arizona! ¡Buena suerte a las dos!

Hawkgirl y Katana le devolvieron el saludo.

Para algunos simulacros de salvamento se utilizaban los poderes de todo el cuerpo estudiantil en el mismo ejercicio, como la vez en que los profesores y el personal de la escuela en pleno se habían situado al borde de un volcán, si bien se trataba de un volcán inactivo que Waller había llenado con una burbujeante y viscosa sustancia roja. La tarea de los súpers había consistido en rescatarlos en menos de una hora. Pero luego estaban los simulacros de verdad, como el del mes anterior, cuando los adolescentes habían tenido que reubicar una pequeña aldea de los Alpes afectada por un gigantesco deslave. Como las cabras se negaban a moverse, Beast Boy se convirtió en yeti y las puso a salvo.

El simulacro de hoy era un ejercicio para equipos de dos personas. Cada pareja recibía una tarea y luego se dispersaban hacia el este, oeste, norte y sur.

—Recuerden —les instruyó Waller—. Quiero que vayan más allá de su zona de confort. Está muy bien que utilicen sus habilidades y poderes especiales, pero también tienen que ser creativos. Y recuerden, ¡trabajo en equipo!

Katana olió el mar antes de verlo. El aire salado le trajo recuerdos de su hogar. Pasaron por delante de una bandada de gaviotas que volaban en la dirección opuesta. A lo lejos, más allá del bosque, se desplegaba un océano de olas ondulantes.

—¡Por allí! —gritó Hawkgirl, haciendo señas.

La súper samurái entornó los ojos y entonces lo vio. Era Parasite, sentado en una balsa de madera que se mecía sobre las olas. Parecía enfadado por tener que participar en el ejercicio. Cuando vio a las chicas que sobrevolaban en círculos, gritó:

—¡Por fin, ya era hora!

Sin previo aviso, el sol desapareció tras unas nubes que presagiaban tormenta. Cayó un rayo, se oyó el estallido de un trueno y empezó a llover a cántaros. El mar se batió como un caballo salvaje y las olas azotaron la balsa, haciéndola saltar por los aires y aplastándola luego contra el agua.

—¡Socorro! —aulló Parasite. Esta vez gritaba en serio, y su rostro habitualmente morado se le tiñó de un verde enfermizo—. ¡Sálvenme! —fue lo último que oyó Katana antes de que el conserje recibiera el impacto de una ola tan alta como la Torre Amatista. Al instante, la balsa se partió en dos y el hombre desapareció bajo la superficie turbulenta.

CAPÍTULO 18

Sin dudarlo un instante, Katana se deshizo de la mochila cohete en pleno vuelo y se lanzó de cabeza al mar. Se alegraba de que tantos años de nadar y hacer surf en su país de origen la hubieran preparado para esto.

La lluvia no cesaba. Hawkgirl cazó la mochila antes de que tocara la superficie del agua y se la ató a la cintura. Después preparó una cuerda de rescate y un arnés y se colocó en posición.

Una y otra vez, Katana se sumergió en el agua en busca de Parasite. Al principio, el mar helado parecía turbio, pero pronto los ojos se adaptaron a la oscuridad. Por encima, la tormenta se mantenía implacable; en cambio, bajo las olas reinaba la calma. Aquel silencio sereno contrastaba con el tumulto que Katana podía oír cuando se asomaba a la superficie para tomar aire.

—¿Lo tienes? —le gritaba Hawkgirl por encima de los truenos cada vez que salía del agua.

Katana se limitaba a negar con la cabeza.

Cada vez buceaba más y más hondo. Se alegraba de no estar demasiado lejos de la costa, porque la profundidad no era tanta como lo hubiera sido mar adentro. En un momento determinado, tocó el fondo del mar. La arena era suave y creyó ver un Cangrejo Fantasma poniéndose a cubierto bajo un colorido arrecife de coral.

Pero ¿dónde estaba Parasite?

A la cuarta zambullida, Katana oyó un ruido confuso que avanzaba hacia ella. Procedía de una caracola que flotaba plácidamente. Alargó la mano para tomarla y la sacó de las olas para escuchar:

> CON ESTAS ESPADAS SAMURÁIS
> CONFIADAS A KATANA
> SE PREPARA LA BATALLA.

«¿Qué batalla? –se preguntó la joven–. ¿La batalla para salvar a Parasite?»

Cuando volvió a escuchar, le pareció oír: «¡Por allí, lo veo por allí!».

La voz le resultaba familiar, y despertó de golpe a Katana. La que hablaba no era la caracola, sino Hawkgirl, que señalaba la cabeza morada y oscilante de Parasite; el hombre se mecía de manera frenética. La súper samurái se metió la concha en el bolsillo y con unas brazadas resueltas y poderosas nadó hacia el conserje, justo cuando éste se sumergía de nuevo en el agua. Como no reaparecía, la chica tomó aire y se zambulló por última vez.

Parasite parecía extrañamente tranquilo. Katana buceó hasta él y le tiró de la mano. Después le indicó que la siguiera nadando para ponerse a salvo. Él negó con la cabeza. Entonces ella se dio cuenta de que no sabía nadar y lo agarró aún más fuerte, justo cuando se estaba hundiendo de nuevo. El hombre estaba aterrorizado. Tiró de él con todas sus fuerzas y lo impulsó hacia arriba. Al irrumpir en la superficie, ambos boquearon para tomar aire. La lluvia continuaba martilleando, pero al menos podían respirar. Hawkgirl lanzó la cuerda a Katana, que primero la ató a la cintura de Parasite y después dio las gracias a su compañera con el pulgar levantado.

Aunque la mochila cohete estaba empapada, seguía funcionando. Katana dio las gracias mentalmente a Batgirl mientras se alejaban de la tormenta en dirección a Super Hero High con Parasite a remolque.

—No se lo digas a nadie —le pidió el conserje cuando ya sobrevolaban las montañas. Aunque no añadió nada más, Katana sabía a qué se refería: no quería que nadie supiera que no sabía nadar.

—Le guardaré el secreto —le aseguró.

—¿De qué hablaban? —preguntó Hawkgirl cuando ya se estaban aproximando a Super Hero High.

—De nada —dijo Parasite. No le gustaba que dos superheroínas lo arrastraran por los aires. Pero el sol brillaba y el mar quedaba muy, muy lejos. Incluso se le había secado ya la ropa.

—Me alegro de verlo sano y salvo —dijo Katana—. Cuando nos encargaron el simulacro de salvamento dudo que pensaran que el clima se nos iba a poner tan en contra.

Él refunfuñó, pero añadió enseguida:

—Gracias, Katana.

Todos hablaban de lo que habían hecho durante el simulacro.

—Raven y yo salvamos a June Moone de las mandíbulas de una serpiente gigante —se vanaglorió Beast Boy.

—Yo salvé a Wildcat, que había caído en una grieta de las placas tectónicas y estaba a punto de ser aplastado —explicó Star Sapphire.

—Yo también estaba allí —dijo Miss Martian en voz baja.

—Starfire y yo desenterramos a Crazy Quilt de debajo de diversas toneladas de rocas —añadió Supergirl, entrechocando la mano con su amiga—. Estaba un poco enfadado porque se le había ensuciado la chamarra.

Aunque pensaba principalmente en el inesperado cambio climático y en el rescate de Parasite, Katana no podía evitar pensar también en los Cangrejos Fantasma. ¿Era posible que hubiera visto a uno de ellos bajo el agua?

Aquella noche, mientras dormía, los sueños de Katana estuvieron protagonizados por el mar turbulento y por Parasite. Bueno, era alguien parecido a él, pero ella era consciente de que no se trataba del conserje. Ese hombre le pedía que lo siguiera hasta el fondo del mar. Allí, Katana veía a los Cangrejos Fantasma. Encaramados al arrecife de coral, la saludaban ondeando las pinzas mientras ella nadaba hacia ellos, pero antes de poder acercarse demasiado, se dispersaban a toda prisa hasta que ya no quedaba ninguno.

En ese momento, el agua caliente se volvía fría, y el sueño se convertía en una pesadilla en la que Katana intentaba salir a la superficie. Trataba de escapar, pero había algo que la retenía. Algo o alguien volvía a perseguirla...

CAPÍTULO 19

—¿Por qué no podemos utilizar las espadas? —preguntó Harley. Era difícil guardar un secreto en Super Hero High, y a estas alturas todo el mundo sabía que había un alijo de espadas escondido bajo la escuela.

En el comedor era el día de la pizza, y Katana había pedido sus dos porciones con rodajas de piña. Se removió incómoda en la silla, sin ganas de responder a la pregunta ni de ser molestada mientras almorzaba.

—Ahora que eres capitana del equipo, todo el mundo quiere apuntarse a hacer esgrima, pero no hay espadas para todos, y en cambio tú sabes de un sitio donde hay un montón de ellas muriéndose de risa. ¡No tiene ningún sentido! —dijo Harley. Para enfatizar su opinión, dio un mazazo contra la mesa y las pizzas saltaron por los aires y volvieron a caer en los platos.

«Bueno, sí que tiene sentido», pensó Katana. Los Cangrejos Fantasma habían desaparecido tan misteriosamente como habían aparecido, y ahora que casi había terminado el proyecto del legado familiar, tenía libertad para centrarse en el equipo de esgrima. Era cierto que la escasez de espadas la obligaba a improvisar. Además de la esgrima tradicional, había empezado a incorporar otras artes marciales. Más tarde, cuando sus compañeros de equipo le pidieron nuevos desafíos, introdujo otros tipos de manejo de la espada, como el *kendo* y el *mugai-ryu*, utilizando espadas de madera.

Estas novedades habían llamado la atención de tantos súpers que el de esgrima se había convertido en el equipo de moda.

—Quiero que aumentes el nivel del equipo —le dijo el entrenador Wildcat a Katana. Estaban en el gimnasio y trasladaban el muro de escalada con muchísimo cuidado, porque había algunas piedras escondidas en trampas para dar al ejercicio un grado de imprevisibilidad—. Tenemos bastantes miembros, como bien sabes, y estamos bien clasificados en la liga. Pero me gustaría saber cuál es el límite del equipo de esgrima de Super Hero High. Contigo al mando, ¿quién sabe adónde podemos llegar?

Katana siempre había deseado ser la capitana del equipo. Era una gran oportunidad para poner en práctica sus habilidades con la espada y también para enseñárselas a los demás y conseguir que la escuela obtuviera más éxitos. Cuando corrió la noticia de que había sido elegida capitana del equipo de esgrima, las inscripciones se dispararon, según Batgirl, que llevaba las estadísticas oficiales del equipo. Katana había sentido orgullo y mucha presión al enterarse. Se daba por sentado que la intención de la escuela era superar al resto de los equipos de esgrima. Habían ganado recientemente la edición número 100 del Supertriatlón, derrotando a las mejores escuelas de todo el sistema solar. Todo el mundo sabía que los alumnos de Super Hero High eran muy trabajadores y competitivos.

Mientras consultaba su lista de estrategias y movimientos de esgrima, Katana volvió a pensar en todo lo que le había enseñado su abuela. Ya de niña, deseaba luchar y demostrar sus habilidades. Sin embargo, Onna siempre le había recordado que debía ir paso a paso. Ella no lo entendía. ¿No era mejor ir lo más rápido que podías? El entrenador Wildcat siempre instaba a ir «¡más deprisa!» y a «¡romper la barrera del sonido!».

—¿Así? —preguntó Cyborg, respirando con dificultad.

—Intenta relajarte un poco más —le indicó Katana. Se preguntaba si las partes metálicas que componían el cuerpo de su amigo no se oxidarían alguna vez o le provocarían rigidez en las articulaciones.

—¡Lo tengo! ¡Mírame, Katana! ¡Mírame! —gritó Harley. Llevaba una espada en una mano e intentaba grabarse a sí misma con la otra—. ¡Lo llevo en la sangre!

—Esa lleva en la sangre cualquier cosa —dijo Frost mientras esquivaba a Cheetah, que era una combatiente tan elegante como letal. Al no haber suficientes espadas para todos, Frost había improvisado y empuñaba un témpano de hielo.

—¿Y qué me dices de los saltos? —preguntó Harley, brincando en el aire y haciendo una marometa hacia delante.

—¿Qué pasa con los saltos? —preguntó Katana. Estaba ayudando a Big Barda a empuñar bien la espada—. No hace falta agarrarla tan fuerte —le dijo—. Tienes que fundirte con tu espada, no romperla.

—Pero ¿y si me entran ganas de romper algo? —preguntó Barda.

—¡A mí no me mires! —aulló Beast Boy.

—Hmmm... ¿Has dicho «saltos»? —dijo Katana en voz alta, volviéndose de nuevo hacia Harley. Cuando había aceptado el puesto de capitana del equipo, no imaginaba que sería tan difícil. Parecía que todo el mundo quisiera captar su atención a la vez. ¿Era esto lo que soportaban los profesores? ¿Era esto a lo que se enfrentaban cada día sus padres?

»¡Sí! —exclamó Katana con tanta energía que dio un susto a Supergirl, que estaba a su lado—. Hagamos saltos y gimnasia, y otros movimientos de artes marciales. ¿Por qué no?

—¿Porque no es una buena idea? —dijo Cheetah. Estaba parada en el centro de la sala, con un aspecto más feroz que de costumbre—. ¿Cuándo va a haber espadas para todos? Estoy harta de compartirla con ésta.

Señaló a Poison Ivy, que aprovechaba su turno con la espada compartida para atacar, esquivar y dar estocadas a Lady Shiva.

Cheetah tenía razón. Katana era consciente de que le resultaba trabajoso hacer que la clase funcionara, y parte del problema era que no contaban con espadas suficientes para todos los miembros del equipo.

En el siguiente entrenamiento del equipo de esgrima, el gimnasio estaba hasta el tope de súpers. Había corrido la voz de que pertenecer al equipo no sólo servía para subir la calificación de Educación Física, sino que además era divertido.

Cuando Katana ordenó al numeroso grupo que hiciera ejercicios de calentamiento, algunos súpers fanfarronearon haciendo mil saltos de tijera en vez de cien. Otros, a la instrucción de lanzar una estocada desde el otro extremo de la habitación, fueron hasta el punto más alejado del campus para tomar carrerilla. En cualquier caso, cuando llegaba el momento de blandir la espada, todo el mundo lo tomaba en serio.

—Su espada es una extensión de ustedes mismos —decía Katana, intentando recordar lo que su abuela le había enseñado—. La esgrima es un arte marcial. Y hay que poner énfasis en la palabra «arte».

June Moone contemplaba la clase desde la parte posterior del aula y sonreía, mientras Wildcat permanecía con los brazos cruzados tomando nota mental de lo que hacía cada alumno, pero evaluando principalmente a Katana. Para entonces, todos habían oído hablar ya del excelente trabajo que la chica estaba realizando con el equipo.

—¡Alíneense! —ordenó.

En un nanosegundo, los súpers se colocaron en filas rectas.

—Dejen las espadas —dijo a continuación—. Ahora, aléjense de ellas. —Hubo gruñidos y algunas quejas, pero hicieron lo que les mandaba—. Ahora, ¡vuelvan a las armas! —gritó Katana, y todos corrieron rápidamente a recuperar las espadas—. ¡En posición!

Los súpers sonrieron al empuñar las espadas. La posición de cada persona era diferente y única. Algunos, como Cheetah, se agachaban de un modo casi imposible, a ras de suelo, listos para atacar. Otros, como The Flash, parecían rápidos y... ostentosos. Y otros, como Bumblebee, eran ágiles y ligeros. Al mismo tiempo que enseñaba a sus compañeros a practicar la esgrima, Katana tomaba nota del estilo individual de cada uno y aprendía a apreciarlo.

Katana estaba creando un nuevo tipo de lucha con espadas que combinaba las artes marciales, el sable, el florete, las leyendas y los superpoderes. En cada sesión de entrenamiento dejaba volar la imaginación, convencida de que debía aprovechar al máximo las habilidades de cada súper.

June Moone le sonrió a Katana al salir del gimnasio.

—El arte está en todas partes —le oyó decir—. Forma parte de ti.

—Supongo que no tendría nada de malo... —dijo Katana a la Sociedad de Detectives Junior.

—No veo por qué debería tenerlo —opinó The Flash—. Y respecto a la parte del haiku que habla de una batalla..., creo que significa que tenemos que estar preparados.

Se encontraban en la sala subterránea de las espadas. Estaba oscura y fría. Las armas dieron la impresión de ponerse en posición de firmes cuando Batgirl las contó.

—Sigue habiendo cien —anunció—. ¡Conté todas!

—El equipo de esgrima las necesita. Somos muchos —dijo Katana, tratando de convencerse a sí misma—. A nadie le gusta utilizar una espada imaginaria. Bueno, a Harley sí, pero ella es capaz de fingir que su mazo es una espada.

—Todo irá bien —dijo Poison Ivy. Se quedó admirando una espada que tenía incrustaciones de perlas en la empuñadura, con un dibujo de flores y vides entrelazadas.

—Yo no estaría tan segura —dijo Hawkgirl—. Desconocemos por qué han llegado hasta aquí. —En ese momento, se fijó en una espada que lucía un halcón majestuoso grabado en la empuñadura de teca y embellecido con oro—. Aunque claro, tal vez no pasará nada. —Tomó la espada y la sostuvo ante sí—. ¿Y si las usamos solamente para el equipo de esgrima y luego las volvemos a guardar aquí de nuevo cada día? —sugirió.

—Sería bastante sencillo hacer un inventario diario —dijo Batgirl—. Puedo colocar micromonitores en cada una de ellas y crear un programa informático para tenerlas localizadas a todas horas.

The Flash ya las estaba recogiendo.

—¡Qué divertida es la esgrima! —exclamó al despegar.

—¡Alto! —le advirtió Hawkgirl, volando tras él—. ¡Ya sabes que está prohibido volar con objetos afilados y puntiagudos!

Katana no encontraba ninguna razón para no utilizar las espadas. Tal vez por eso se las habían enviado. Aunque el equipo de esgrima se estaba preparando para competir con otros institutos, todos sabían que las habilidades que estaban aprendiendo se trasladarían a la batalla cuando llegara el momento.

Y, francamente, si las espadas se negaban a explicar su razón de ser, ella tendría que darles alguna.

«Recuerda el haiku», se dijo Katana.

CON ESTAS ESPADAS SAMURÁIS
CONFIADAS A KATANA
SE DESARROLLA LA HISTORIA.

Con estas espadas samuráis
confiadas a Katana
se prepara la batalla.

—De acuerdo —dijo Katana—. Espadas para todos.

CAPÍTULO 20

Se produjo una gran ovación cuando Katana, seguida por la Sociedad de Detectives Junior (The Flash, Bumblebee, Hawkgirl y Batgirl), entraron en el gimnasio cargados con un centenar de espadas. La sala estaba llena. Esta vez, por suerte, habría espadas suficientes para todos. A cada miembro del equipo se le asignó una mientras Batgirl las iba introduciendo en una base de datos. Todos estaban muy emocionados de poseer, aunque fuera de manera temporal, una de aquellas preciosas armas samuráis.

—Súpers, prepárense —anunció Katana dando una triple voltereta hacia atrás, seguida de una serie de ganchos circulares—. ¡Van a aprender técnicas de espada que nadie ha visto antes!

Mientras dirigía los ejercicios del equipo, creyó ver algo con el rabillo del ojo.

Los Cangrejos Fantasma habían vuelto.

Antes, con la ayuda de Batgirl, había estado estudiando varios artículos sobre estas criaturas míticas, y habían descubierto algunas antiguas pinturas rupestres en las que aparecían representadas. Pero no habían podido encontrar nada más. Era como si los Cangrejos Fantasma quisieran pasar desapercibidos. Y, sin embargo, ahí estaban.

Katana los vio contemplando la escena desde las gradas, con una silenciosa expresión de aprobación.

—¡Mírenme!

Un pez espada verde, empuñando una espada, pasó botando sobre su cola por delante de Katana.

—¡Beast Boy, basta ya! —le ordenó la chica—. Tienes que respetar la espada, ¡no es ningún juguete!

El escarmentado Beast Boy volvió a convertirse en adolescente y murmuró «No eres nada divertida», antes de recuperar su buen humor habitual.

Katana se volvió hacia los Cangrejos Fantasma, pero habían desaparecido. Decepcionada, volvió a mostrar a sus compañeros cómo debían respetar y manejar las espadas. Pensó que tal vez los Cangrejos Fantasma habían entrado en un periodo de hibernación o que habían regresado a su casa, dondequiera que fuera.

Incapaz de comprender su manera de actuar, Katana supuso que se sentían atraídos de algún modo hacia ella.

—¿Recuerdas cuando aquella bandada de loros voló a mi lado durante tres días seguidos? —dijo Hawkgirl.

—Yo les gusto a los murciélagos, y es un sentimiento recíproco —musitó Batgirl—. Me pregunto dónde andará ahora Batty —añadió, pensando en la adorable cría de murciélago con la que había trabado amistad poco tiempo atrás.

—Los gatitos me adoran —comentó Cheetah—. ¡Qué le vamos a hacer! Soy su referente.

Katana se sentó a solas en las gradas y dejó de pensar en los Cangrejos Fantasma para concentrarse en la realidad del equipo de esgrima, que estaba trabajando muy duro, practicando, practicando y practicando. Había nombrado ayudantes a Cyborg, Arrowette y Lady Shiva, y estaban haciendo un trabajo excelente. Aun así, echaba de menos a su abuela. Ella le habría dicho si había hecho bien en utilizar las espadas con los esgrimistas de la escuela. Le habría revelado el significado del mensaje de las caracolas.

CON ESTAS ESPADAS SAMURÁIS
CONFIADAS A KATANA
SE DESARROLLA LA HISTORIA.

CON ESTAS ESPADAS SAMURÁIS
CONFIADAS A KATANA
SE PREPARA LA BATALLA.

Sus amigos se pusieron a discutir los posibles significados

—¿La batalla entre el bien y el mal? —preguntó Hawkgirl.

—¿La batalla por la humanidad? —dijo Poison Ivy, repartiendo unas olorosas rosas en flor.

—¿La batalla para decidir el mejor equipo de esgrima? —sugirió The Flash.

—¿La batalla para determinar quiénes somos? —dijo Batgirl, levantando la vista de su laptop.

La Sociedad de Detectives Junior se había reunido para debatir sobre el haiku más reciente. Katana había colocado las dos caracolas sobre la mesa. Todos contemplaban las conchas como si tuvieran la respuesta, pero, para Katana, no eran más que preguntas. Volvió a pensar en su abuela.

«Haces muchas preguntas», le había dicho Onna en una ocasión, y había atraído a su nieta hacia sí para darle un abrazo.

«Lo siento», dijo la joven Katana, sonriendo porque sabía que su abuela siempre le ofrecería una respuesta o una historia que parecía contener una respuesta.

Onna se echó atrás y le puso las manos sobre los hombros.

«Buscar respuestas siempre es de admirar. Los que preguntan están abiertos a la sabiduría. Los que no lo están, presumen.»

Reunidos alrededor de la computadora de Batgirl, los miembros de la Sociedad de Detectives Junior intentaban diseccionar los haikus utilizando un programa de análisis poético. Pero como con otros intentos para captar algún significado a partir de palabras sueltas, habían hecho pocos progresos y no paraban de dar vueltas sin encontrar el centro.

Katana se recostó contra el respaldo de la silla y pensó en su hogar. Agradecía a sus padres que hubieran mantenido viva la leyenda de Onna explicándole algunas historias sobre su carrera como primera superheroína samurái. Le habían contado más cosas desde que había comenzado el proyecto del legado, y estaba progresando muchísimo.

Recordó una conversación reciente.

«Como tú, Onna tenía mucha imaginación», le había dicho su madre al comenzar la charla semanal por AboutFace. «Intentaba protegerme de algunas de sus misiones más peligrosas, de modo que yo nunca sabía lo que era real y lo que no lo era.»

«¿Corría peligro a menudo?», preguntó Katana.

Su madre desvió la mirada.

«Creo que sí. Yo era apenas una niña cuando descubrí quién era mi madre en realidad. Estaba siempre preocupada por ella, como lo estoy por...»

No tuvo que terminar la frase. Katana sabía en qué estaba pensando.

«Mamá», dijo. «Prometo hacer lo posible para mantenerme a salvo.» Su madre asintió de manera poco convincente. «Para eso estoy aquí, en Super Hero High», dijo la joven alegremente, con la esperanza de que su madre se contagiara de su alegría. «Estoy en este instituto para aprender. Para practicar. ¡Para ser una buena superheroína!»

Su madre volvió a asentir y luego habló por fin.

«Tatsu, cariño, eres hija única, igual que lo era Onna y que lo soy yo. Yo sólo quiero lo que quiere cualquier madre, y es que su hija sea feliz y esté bien.»

«Soy feliz», le aseguró Katana. «Y les doy las gracias a ti y a papá por darme esta oportunidad para aprender y honrar a Onna de la mejor manera que sea capaz. Pero quiero saber más cosas.» Hizo una pausa y se corrigió. «Necesito saber más. Sería una gran ayuda en mi viaje para convertirme en superheroína.»

Su madre la miró durante un instante sin decir nada.

«Hay algunas cosas de tu abuela que podrían interesarte», dijo. «Te las mandaré.»

—¿La batalla que terminará con todas las batallas?

—¿La batalla contra el propio yo?

Katana volvió al presente y se reincorporó a la conversación de sus amigos.

—Tal vez se refiera a la batalla por el último trozo de pastel Superfood de la cafetería —dijo.

Se le quedaron mirando. Sonrieron. Después de un segundo de pausa, salieron todos deprisa de la habitación riendo y gritando.

Un par de días después, por la mañana temprano, Katana encontró una caja de madera ante la puerta de su habitación cuando se disponía a salir hacia clase. En el interior, envuelto en varias capas de tela acolchada, había un cofre de teca lacado en rojo. Pasó los dedos por encima del nombre de su abuela. Estaba grabado en la tapa, escrito en japonés.

La abrió lentamente. El cofre crujió un poco y desprendió un aroma familiar. Reconoció al instante el olor de la bola de nieve japonesa, una flor que su abuela siempre había adorado. Había muchas flores en los bosques cercanos a su casa, y Katana se imaginaba a su abuela cerrando los ojos e inhalando el dulce perfume. La caja estaba llena de pétalos secos de la flor.

Lo primero que sacó fue un anuario del instituto, de cuero marrón. En la tapa, en un escudo repujado en oro se veía una estrella, una llama y un rayo. Con suavidad, Katana retiró los pétalos que lo cubrían. Como no tenía tiempo para estudiar todo el contenido del cofre, se puso el anuario bajo el brazo y salió hacia clase. Por la noche miraría el resto, decidió, al terminar el entrenamiento de esgrima, cuando pudiera dedicarle más tiempo.

Echó un vistazo al cofre antes de cerrar la puerta de su habitación. ¿Qué misterio contendría... o resolvería?

CAPÍTULO 21

—¡Son iguales! —dijo Big Barda mientras pasaba las páginas. Katana miraba por encima de su hombro. Era cierto que Onna y ella se parecían. Tenían la misma expresión resuelta en el rostro. La misma postura robusta. El mismo brillo en los ojos.

Katana recuperó el anuario. Aunque tenía dos generaciones de antigüedad, le maravillaba ver hasta qué punto se parecían los alumnos. Había extraterrestres asombrosos, dragones peligrosos, una variedad de humanos y criaturas de origen no determinado. Había fotos de clubes y de incómodos estudiantes de último año, y profesores de aspecto severo. Por lo menos esto era real, pensó Katana. Había oído tantas historias de su abuela que ya no estaba segura de cuáles eran reales y cuáles ficción.

—¿Puedes hablarme de ella? Ojalá tuviera yo una abuela de verdad —dijo Big Barda con melancolía—. Sí, Granny Goodness me crio, pero terminó siendo malvada, ya lo sabes. Siempre me pregunto cómo debe de ser crecer con una buena persona. Un superhéroe de verdad.

Katana sentía la necesidad de contar la historia de Onna tanto como Big Barda de escucharla.

–Antes de que yo naciera, todo el mundo pensaba que mi madre tendría un niño. Por la forma del vientre, y porque siempre estaba dando patadas. Y cuando nací y vieron que era una niña, mis padres me llamaron Tatsu Yamashiro. Yamashiro es el apellido familiar de mi abuela. Ella era la última de una larga saga de samuráis, y al no haber chicos que transmitieran el nombre, el honor recayó en mí.

»Fui una niña feliz e inquieta, que sentía curiosidad por todo, y en especial por las espadas de mi abuela –continuó Katana–. "Ten cuidado, Tatsu –me decía siempre–. Puedes empuñar la espada, pero sólo si yo pongo las manos alrededor de las tuyas".

»La primera vez que sostuve la espada, no podía parar de sonreír. Aunque era demasiado grande para mí, parecía que me acababa de reencontrar con una antigua amiga. –De manera inconsciente, la joven tocó la espada–. "¡Katana! –decía mi abuela, riendo–. Deberíamos llamarte Katana."

»Y desde aquel día en adelante, todo el mundo me llamó así –dijo, mirando a la lejanía.

–Es un nombre genial –dijo Big Barda–. Entonces, ¿te pusieron el nombre de tu espada? Quizá yo debería decirle a la gente que me llamaran Mega Rod.

–Barda es un nombre precioso –dijo Katana.

Volvió a repasar el anuario. Se detuvo en una página en la que había una foto de su abuela. Estaba sentada entre un dragón pequeño y delgado y una chica con unas grandes alas blancas.

–¡Vaya! ¿De veras lo piensas? –preguntó Barda.

—¿Qué? —dijo Katana. La foto la había distraído.

—Que mi nombre es bonito.

La joven samurái asintió.

—El nombre es bonito, y tú eres una chica encantadora.

—Gracias, pero será mejor que no corras la voz —dijo, dándole un ligero puñetazo a Katana en el hombro.

—Te doy mi palabra, Mega Rod —contestó. Y las dos chicas se echaron a reír.

Aquella noche Katana cenó a toda velocidad. Mientras las hermanas Thunder y Lightning se embarcaban en una acalorada discusión sobre sus respectivos proyectos de legado, y Beast Boy, Cyborg y The Flash se hacían tontos, Katana devoraba una lasaña vegetariana tan deprisa como podía. Tenía tanta prisa que ni siquiera se comió la gruesa porción de piña que había puesto en la charola.

—¿Te la vas a comer? —preguntó Big Barda mientras removía con el tenedor una montaña de puré de papa.

—Toda tuya —dijo Katana, pasándole el pastel. Barda sonrió.

—¿Asistirás esta noche al club de lectura? —le preguntó Batgirl cuando ya se había levantado de la mesa—. Hablaremos de ese libro nuevo sobre Shakespeare en la Quinta Dimensión.

—Lo siento, primero tengo que hacer otra cosa —dijo Katana, pasando junto a Adam Strange. Éste se acababa de ajustar la mochila cohete y revoloteaba por la habitación repartiendo los pastelitos lunares caseros que le había mandado su abuela.

—Katana —la llamó—. ¡Atrapa uno!

Dio un gran salto en el aire, cazó el pastelito, hizo una pirueta y siguió corriendo sin perder ni un segundo en dirección a la residencia.

Después de todo el ajetreo del comedor, su habitación estaba felizmente en silencio. Cerró la puerta, colocó el cofre de teca rojo en el centro de la habitación y se quedó mirándolo, sin saber lo que iba a encontrar. Lentamente, alzó la pesada tapa del cofre. Una vez más sintió la fragancia dulce de la flor de bola de nieve. Inspirándose en Batgirl, hizo inventario de las cosas que iba encontrando, incluyendo el anuario:

1. Anuario del último año del instituto.
2. Pétalos de bola de nieve, secados y esparcidos.
3. Artículos sobre famosos superhéroes samuráis.
4. Cartas de los padres de Onna diciéndole que tuviera cuidado.
5. Un retrato enmarcado de Onna con aspecto poderoso, mirando a la cámara vestida con armadura y con una flor de bola de nieve en la parte superior del casco.
6. Fotos varias de Onna con sus amigas: un grupo de chicas, algunas extraterrestres, otras terrícolas,

sonriendo, una foto del equipo de esgrima con el pie: ONNA-BUGEISHA YAMASHIRO Y DRAGON PRINCE CONDUCEN AL EQUIPO DE RED PLANET A LA VICTORIA.

7. Armas varias.

8. Quimono de seda rojo.

Katana se recogió el cabello liso en un moño y se puso un pasador. Se sentó en el suelo mordisqueando el pastelito lunar de Adam Strange mientras repasaba lentamente las fotos. ¡El instituto! Todo era de cuando Onna tenía su edad, de cuando su abuela se preparaba para ser una superheroína en la escuela preparatoria de Red Planet.

Onna parecía muy joven. ¿Su abuela había sido cocapitana del equipo de esgrima? ¿Cómo era posible que Katana nunca lo hubiera sabido? Deseó que Onna le hubiera hablado más de sí misma. Examinó la foto en la que un chico delgado llamado Dragon Prince estaba junto a su abuela. Parecía extraordinariamente incómodo. Ambos sujetaban sus espadas respectivas. Ella se mostraba en todo su esplendor y miraba a la cámara, mientras su cocapitán la miraba a ella.

A medida que iba leyendo los artículos, fue conociendo más cosas sobre los samuráis. Descubrió que cuando la era de los samuráis terminó, muchos de ellos no supieron qué hacer con sus vidas. Algunos entraron en el mundo de los negocios, otros siguieron diversos oficios familiares como la alfarería y la agricultura, y un puñado de ellos se convirtió en superhéroes, y aunque Onna no podía saberlo entonces, ella se uniría a sus filas.

Katana alzó el quimono y lo sostuvo ante ella. La seda roja era brillante y llevaba bordados con hilo dorado unos delicados dibujos alrededor del cuello. El grabado de la tela reproducía una escena marítima. Pesaba más de lo que parecía.

Se lo puso. La pieza de ropa la envolvió como una túnica, cayéndole hasta los tobillos, y cuando alargó los brazos, el quimono dibujó una gruesa forma de T. La joven se abrochó el cinto por detrás y contempló su imagen reflejada en el espejo. Al levantar los brazos, se dio cuenta de que un lado pesaba más que el otro. Extrañada, tocó la larga manga, que hacía como una bolsa. Había algo dentro.

CAPÍTULO 22

El pequeño libro negro estaba cerrado con un pasador de bronce. Al abrirlo hizo un clac muy satisfactorio. En el interior de la cubierta de piel, reconoció la letra de su abuela. ¿Cómo podía ser tan delicada y fuerte al mismo tiempo? En la primera página se leía: ¡¡¡PROPIEDAD PRIVADA DE ONNA-BUGEISHA YAMASHIRO!!! ¡¡¡NO TOCAR!!!

Katana se echó a reír. Su propio diario contenía una advertencia similar. Dudando de si debía continuar, hizo una pausa. No le parecía bien leer algo tan personal, escrito por otra persona. Pero al mismo tiempo, era una invitación para conocer mejor a su abuela. Tomó una decisión y comenzó a leer...

¡Hola, diario! Me siento honrada y emocionada por haber sido aceptada en la Escuela Preparatoria de Red Planet. ¡Todo el mundo dice que es uno de los mejores institutos de superhéroes del universo! Aunque es pequeño, tiene reputación de haber graduado a muchos grandes superhéroes.

Si consigo pasar aquí los cuatro años, me convertiré en una de ellos.

Puede parecer mezquino que mencione esto, porque todo lo demás está yendo sobre ruedas, pero mi compañera de habitación me está causando estrés. Tiene la molesta costumbre de volar mientras duerme, lo que significa que tenemos que tener las ventanas cerradas por la noche, para que no salga volando quién sabe hacia dónde. Pero como no para de estamparse contra la pared, no puedo dormir, y los profesores siempre nos dicen que, al trabajar tan duro a lo largo del día, necesitamos descansar bien por la noche. Además, yo estoy acostumbrada a dormir con las ventanas abiertas, y echo de menos el aire fresco y el olor del mar.

Katana rio al pensar en una compañera de habitación que volaba dormida, y se alegró de tener una habitación para ella sola. En Super Hero High todos la tenían, aunque compartían un espacio común que conectaba con los dormitorios. Siguió leyendo y pasando las páginas con entusiasmo.

Onna compartía con ella muchos temores y desafíos, como el hecho de querer encajar en el instituto y salir adelante con los estudios. Había escrito:

A algunos alumnos no les gusta que haya chicas aquí. Durante mucho tiempo, el instituto de Red Planet fue una escuela exclusiva para chicos. ¡Pero nosotras vamos a cambiarlo!

Ésta era una idea nueva para Katana. No era capaz de imaginar Super Hero High sólo con chicos o sólo con chicas.

Más adelante, en otros pasajes, Onna continuaba escribiendo:

¿Siento añoranza del hogar? Sí, lo reconozco. Mi padre me escribe tres veces por semana y en todas las cartas dice lo mismo: «Estoy muy orgulloso de ti, Onna. Al ser hija única, llevarás el legado del apellido Yamashiro. ¿Y lo de ser una superheroína? ¿La primera superheroína samurái? Honras sobremanera a tu familia. Tu madre, como es natural, se preocupa todo el tiempo por tu bienestar. Reconozco que yo también lo hago, pero los dos te apoyamos y te mandamos todo nuestro amor. Por cierto, ¿has encontrado el amor en la escuela? ¡Tu madre y yo nos conocimos en el instituto! Papá».

Katana se daba cuenta de que las cosas no habían cambiado demasiado desde que su abuela iba al instituto.

El sol se puso y salieron las estrellas, pero la joven continuó leyendo. Había problemas más graves, descubrió.

Bueno, esto es lo que yo pienso. ¡Ya era hora! Ya era hora de que hubiera una superheroína samurái. Sé que hubo otras que lo intentaron antes que yo. Pero las convencieron de dejar lo, incluso las invitaron a abandonar las academias de entrenamiento. A veces olvido lo duro que tuvieron que luchar otros para conseguir las libertades que nosotros tenemos ahora. Mi sueño es lograrlo o por lo menos hacer que sea una realidad para otras personas.

Katana dejó de leer. El corazón le latía a toda velocidad. Ella simplemente había dado por sentado que seguiría los pasos de Onna, que había sido una pionera, pero nunca había pensado en todo lo que había tenido que pasar para obtener aquel honor.

Unos golpes en la puerta interrumpieron sus pensamientos.

—¡Adelante! —gritó.

—Hola, quería saber si quisieras unirte a nuestra sesión de trabajo para el proyecto del legado —preguntó Bumblebee. Sostenía un tarro de miel en una mano y un álbum de fotos en la otra.

—Gracias. Pero estoy trabajando en ello ahora mismo y prefiero estar sola.

—Muy bien. Hasta luego, entonces —dijo su amiga. Antes de salir, añadió—: ¡Bonito quimono!

Katana había olvidado que lo llevaba puesto. Sentía la suavidad de la seda en su piel, y saber que Onna lo había llevado cuando tenía su misma edad hacía que fuera todavía más especial. Cuando Bumblebee cerró la puerta, volvió al diario. Al llegar a la parte en que hablaba de seleccionar las armas, leyó con mayor interés. Tenía la espada *katana* que su abuela le había regalado, por supuesto. Pero también había otras armas. El señor Fox siempre les decía que, en la batalla, nunca debían confiar en una sola arma, poder o estrategia.

Katana dejó el diario sobre el escritorio y observó todas las armas que había encontrado en el cofre. Había una pesada *kusari-fundo*, una cadena de metal. Se levantó y se la pasó por la cabeza, tal como había visto hacer a Wonder Woman con su lazo. Las estrellas ninja eran más pequeñas que las de ella, pero se fijó en que las de Onna estaban más afiladas. Las apartó. Serían una gran incorporación para su colección.

De su propio arsenal, Katana contó una serie de cuchillos de distintos tamaños, un par de lanzas y su querido *tsubute*, un misil arrojadizo que Batgirl había mejorado añadiendo una punta electrificada. También había una cerbatana, con sus dardos noqueadores. El profesor Fox siempre se aseguraba de que Katana tuviera una buena provisión de ellos. Pero la espada *katana* era su arma favorita; al fin y al cabo, a ella debía su nombre.

En el diario, Onna había escrito sobre esta espada:

Me encanta mi katana. Es lisa y sencilla, pero me sirve a la perfección. ¿O soy yo quien le sirve a ella? Cuando practicamos esgrima, Dragon Prince suele burlarse de mí por apreciarla tanto. Me dice: «¿Vas a casarte con ella?». ¡Es muy divertido, menos cuando yo lo venzo en la esgrima!

Agradezco mucho que mi familia me apoye en el objetivo de convertirme en superheroína. El padre de Dragon Prince, el rey, lo reprende a la menor ocasión. Y cuando su padre se entera de que ha perdido otro combate de esgrima contra mí, Dragon Prince se pasa varios días amargado. «He perdido contra una chica», dice con tristeza.

«Somos amigos —suelo decirle—. Y combatimos como tales. Aprendemos de las derrotas y cada vez somos más fuertes.»

Pero él siempre tiene excusas para todo.

«Me daba el sol en los ojos.»

«Mi espada no está tan bien equilibrada como la tuya.»

«He comido demasiado.»

Y yo me echo a reír. No hay excusa para no esforzarse al máximo y estar abierto al aprendizaje. Cuando uno deja de aprender, ¿qué queda?

CAPÍTULO 23

—¿Qué piensa de mí? —preguntó Star Sapphire a Miss Martian. Observaba a Hal Jordan, también conocido como Green Lantern, que estaba a punto de dar un mordisco a un bocadillo del tamaño de su cabeza. Lo decía con una curiosidad que parecía fingida, pero el anillo relucía con calidez.

—No utilizo mis poderes para ese tipo de cosas —dijo Miss Martian en voz baja, pero con firmeza.

Green Lantern alzó la mirada del plato y, cuando vio que Sapphire lo miraba, sonrió, sin darse cuenta de que el anillo de la chica emitía una vibración amistosa dirigida a él. En ese momento Beast Boy pasó entre los dos.

—¡Vaya! Me siento acalorado y confundido —dijo al recibir las ondas del anillo de Star Sapphire y la potencia que emitía el anillo de Green Lantern—. Mejor dicho, estoy acalorado y confundido.

Sapphire puso la mirada en blanco.

—No era para ti —le dijo a Beast Boy, y entonces el chico se fue con pasos vacilantes a la mesa que ocupaban Animal Man y Silver Banshee.

—¡Hola! —saludó Katana, dejando su charola sobre la mesa. El entrenamiento de esgrima había ido especialmente bien aquel día y estaba muy contenta con los progresos de sus pupilos—. No les importa que me siente aquí, ¿verdad?

Miss Martian parecía aliviada de verla.

—Siéntate, por favor —dijo, ofreciéndole una silla.

—Escucha —dijo Star Sapphire a la súper de Marte antes de irse—. Si alguna vez necesitas una nueva nave espacial o cualquier otra cosa, puedes contar conmigo. ¿De acuerdo?

Miss Martian asintió, sospechando que acabaría pagando cualquier favor que le pidiera.

—Bueno... —dijo mientras observaban a Star Sapphire, que ya regresaba a su mesa en el centro del comedor.

—Haces bien en defender tu terreno —opinó Katana, y metió la cuchara en la cacerola de verduras. La de ese día estaba especialmente rica porque los ingredientes frescos procedían del jardín orgánico que Poison Ivy supervisaba en el campus. A ella le gustaban especialmente las setas.

—Gracias —dijo Miss Martian. Alzó la vista al ver que otros súpers se sentaban a la mesa.

Katana estaba a punto de decir «de nada» cuando oyó un ruidito familiar que venía de debajo de la mesa. ¡Los Cangrejos Fantasma habían vuelto! Su origen seguía siendo un misterio, pero, aunque eran una gran distracción, sólo Parasite parecía preocupado. «Siempre corretean por donde acabo de trapear —se quejaba—. Una plaga, eso es lo que son. ¡Una plaga!»

Los cangrejos habían empezado a hacer travesuras, y cuando corrían a refugiarse, provocaban los tropiezos de los súpers. Dependiendo de los poderes del alumno que tropezara, los resultados podían ser espectacularmente destructivos, cosa que provocaba un sufrimiento indecible al subdirector Grodd y a Parasite. «Los cangrejos se han comido mi tarea» era una excusa inaceptable en el instituto, excepto una vez en que esos bichos hicieron jirones el proyecto de moda de Cheetah y Crazy Quilt declaró que el resultado era un ejemplo maravilloso de costura angustiada.

Era como si necesitaran llamar la atención. Y, sin embargo, cuando alguien intentaba atraparlos, huían con unos poderes increíbles de velocidad y sigilo. A la única adolescente a la que parecían mostrar algo de deferencia era a Katana, y ahora la seguían por todo el campus, desfilando en hileras rectas, aunque a una distancia considerable. Ciertamente, se portaban muy bien cuando asistían a los entrenamientos de esgrima dirigidos por Katana. Era el único momento en que no correteaban por todas partes.

Ahora que habían vuelto, la joven se dio cuenta de que había echado de menos a las pequeñas criaturas.

Nunca había tenido una mascota, aunque siempre lo había deseado. Sus padres insistían en que un animal era como un miembro de la familia, y tener uno requería dedicarle tiempo. Y por entonces Katana deseaba hasta tal punto ingresar en Super Hero High que apenas tenía tiempo para ella misma, por lo que era imposible que tuviera un animal. Por eso tenía tantos animales de peluche. Desde luego, los Cangrejos Fantasma eran lo más parecido a la mascota que nunca había tenido.

Era habitual que los súpers tuvieran animales de otros mundos, aunque antes había que registrarlos en el despacho de Waller, y los animales debían demostrar que eran tratables. El mes anterior, la dirección había tenido que enviar al mono de Harley, Calliope, a un campo de entrenamiento porque no paraba de columpiarse agarrado a los focos y de arrancarlos del techo. Y Wonder Woman tenía un adorable canguro de montar llamado Jumpa, pero era una gran distracción, porque todo el mundo quería jugar con él en lugar de estudiar.

Recientemente, Batgirl había cuidado de una cría de murciélago herida. A Poison Ivy solían seguirla las mariposas..., aunque tal vez éstas no contaban como animales de compañía. Bumblebee había hecho de madre de un adorable oso malayo hasta que había encontrado el hogar adecuado para él. Y Starfire tenía incluso un gusano de seda extraterrestre llamado Silkie.

—¡Ahí va uno! —dijo Harley mientras las chicas recogían los platos. Dedicó a Katana una de sus sonrisas irresistibles—. Eh, ¿quieres ver lo que he hecho? ¡Es divertidísimo! Voy a tener toneladas de visitas, cuando suba las imágenes.

Katana se encogió de vergüenza cuando miró la pequeña pantalla de la cámara de Harley. Era un clip de los Cangrejos Fantasma correteando detrás de ella. Las imágenes iban hacia atrás y hacia delante, con un fondo de música facilona, y parecía que todos estuvieran bailando.

—¿Es necesario, Harley? —preguntó. No le gustaba nada salir en *Los Quinntaesenciales de Harley*. A muchos súpers les encantaba aparecer en el canal de internet, e incluso lo buscaban. Pero ella, como había hecho su abuela en el pasado, se tomaba el instituto mucho más en serio.

—¡Has nacido para esto! —le aseguró su amiga—. Y si no te gusta este clip, puedo hacer muchos más. ¿Qué te parecería uno en el que salieras tropezando y brincando para no aplastar a las pequeñas criaturas?

Katana se sonrojó. Era algo que solía ocurrir. A menudo le pasaban por debajo de los pies.

—No, no, gracias, éste ya me parece bien —le aseguró.

—¡Por fin te encuentro! —dijo Bumblebee, volando hacia ellas. Llevaba un trozo de papel rosa en la mano—. Waller quiere verte en su despacho —dijo, entregando una nota a Katana.

—Ooooh, ¿te has metido en algún lío? —preguntó Harley. Le brillaban los ojos—. ¡Te acompaño!

—Iré yo sola —dijo Katana, defendiendo su territorio—. Lo que tenga que decirme la directora Waller no es para tu canal de video.

—No eres nada divertida —dijo la súper reportera, frunciendo el ceño de modo exagerado, pero antes de que Katana pudiera responder, salió corriendo mientras decía mirando a lo lejos—: ¿Qué ven mis ojos? A Supergirl se le han vuelto a desatar las agujetas de los tenis y Beast Boy se acerca a ella con una pila de bocadillos tan abundantemente condimentados que no puede ver más allá. ¡Esto no puede acabar bien! ¡Voy para allá!

—Siéntate, Katana —dijo Amanda Waller, señalando la silla de madera que tenía delante. Sobre su escritorio se hallaba la montaña habitual de carpetas y armas confiscadas: un disparador de sustancias viscosas, una bala de cañón todavía brillante y un par de afilados bumeranes de metal.

—Sí, señora —dijo la joven. Sus padres le habían enseñado a respetar siempre a los mayores.

—¿Qué sabes de estos Cangrejos Fantasma? —preguntó Waller. No solía andarse por las ramas.

—No demasiado —reconoció Katana—. Pero creo que les caigo bien.

—Bueno, eso es evidente. Hemos tenido muchos incidentes con fans (sean humanos, extraterrestres u otros) que siguen a nuestros estudiantes por todas partes. Y tengo la sensación de que eso es lo que son los Cangrejos Fantasma. Fans tuyos. Si bien es halagador, también puede convertirse en una molestia. Voy a pedirte que tengas una conversación con ellos.

—Se supone que tengo que hablar con ellos —le explicó Katana a Miss Martian cuando salieron de la clase de Liberty Belle. La ironía era que, cuando les habían encargado el proyecto del legado, Katana se había preguntado si tenía información suficiente. ¡Y ahora tenía demasiada!—. Pero no estoy segura de que vayan a entenderme. Por eso te agradecería mucho que me acompañaras.

—No sé... —empezó su amiga—. Yo no sé leer el pensamiento de los animales..., aunque la verdad es que nunca lo he intentado.

—Pero ¿vendrás conmigo? —le pidió la súper samurái—. Por favor.

—De acuerdo. Pero no puedo prometerte nada.

Normalmente, los Cangrejos Fantasma acudían a Katana, pero esta vez fue ella quien fue a buscarlos.

—Aquí es donde pasan el rato algunas veces —le dijo a Miss Martian al entrar en el Jardín de la Armonía—. Según mis investigaciones, viven en el subsuelo, pero les gusta salir a tomar el sol.

El jardín tenía el mismo aspecto que antes, pero con una diferencia. Katana había encargado a Frost y a Supergirl que lo mejoraran: Supergirl había cavado un pequeño estanque que Frost había llenado de hielo, y luego la súper de Krypton había fundido el hielo con su visión calórica para crear un pacífico lago.

Un mar de flores rodeaba a las chicas, con los pétalos ondeando suavemente al compás de la brisa. Miss Martian hizo una pausa para inhalar el perfume.

Lentamente, los Cangrejos Fantasma salieron de debajo de las hojas y de detrás de los arbustos.

—¡Hola! —dijo Katana, alegremente—. Vengo con una amiga.

Las criaturas se volvieron hacia Miss Martian, que los saludó tímidamente con la mano. Algunos le devolvieron el saludo con las pinzas.

—No sé cómo decirles esto —empezó Katana—, pero la directora Waller preferiría que no me siguieran por todas partes, para que así... dejen de interrumpir las clases.

Los Cangrejos Fantasma permanecieron inmóviles. Ella se volvió hacia Miss Martian.

—¿Lo ves? Creo que no me entienden. Al fin y al cabo, son cangrejos, y yo no hablo cangrejo. ¿Tú sí?

La joven extraterrestre le dirigió una sonrisa de suficiencia, como diciendo: «¿Tengo cara de hablar cangrejo?».

—Tal vez pueda obtener alguna impresión de lo que sienten o algo parecido...

Agrandó los ojos y permaneció muy quieta mientras miraba fijamente a los cangrejos. Al cabo de un rato asintió con la cabeza. Después respiró hondo y exhaló.

—¿Qué pasa? —preguntó Katana.

—No sólo te comprenden —contestó Miss Martian—, sino que además te han enviado un mensaje...

CAPÍTULO 24

—...un mensaje que podría afectar al mundo.

El corazón de Katana latía a mil por hora.

—¿Qué es? ¿De qué se trata? —preguntó. Los Cangrejos Fantasma se habían vuelto a alinear en filas de a diez y todos ellos prestaban mucha atención. Ninguno se movía.

Miss Martian negó con la cabeza.

—Es muy raro —dijo—. Nunca antes había podido leer la mente de un cangrejo.

—¿Qué han dicho? —la presionó Katana—. ¡Por favor, concéntrate!

Miss Martian se agachó y acercó el oído al líder de los Cangrejos Fantasma. Asentía con la cabeza.

—De acuerdo. Hmmm... De acuerdo —repitió antes de levantarse—. Es realmente asombroso —murmuró—. No creo que nadie en mi familia haya experimentado algo semejante. Ni siquiera mi primo J'Onn, que es un auténtico fenómeno leyendo el pensamiento.

—¡¡¡Miss Martian!!! —gritó Katana—. ¡¿Qué están diciendo?!

Al ver la expresión compungida de su amiga, lamentó de inmediato haber perdido los estribos.

—Lo siento —se disculpó—. Pero decías que hay un mensaje que podría afectar al mundo.

—Sí, sí... Tienes razón, el mensaje. Estoy captando un mensaje de los Cangrejos Fantasma, una especie de charla entre ellos. Es difícil de entender. Pero por lo que puedo discernir, el mensaje principal es que te acecha un peligro. Quieren que sepas que depende de ti frustrar la amenaza. El futuro está en tus manos.

Katana no podía creer lo que estaba oyendo. ¡Un peligro se cernía sobre Super Hero High!

—¿Qué tengo que hacer? —preguntó la experta en artes marciales, pero cuando Miss Martian y ella miraron hacia abajo, los Cangrejos Fantasma habían vuelto a desaparecer.

—¡Súpers! —gritó Katana—. Ocupen sus puestos.

Al instante, cesaron todas las bromas y los murmullos. Demostrando lo bien adiestrados que estaban, los superhéroes adolescentes se situaron en los lugares que tenían asignados. Katana había ordenado al equipo de esgrima que se reuniera en el enorme campo de Heroball, a las puertas del gimnasio. Necesitaban mucho espacio para lo que tenía planeado.

—¡Posición de lucha! —gritó.

Se alzaron las espadas.

—¡Al ataque!

De no saber que se trataba de un entrenamiento, parecería que los superadolescentes trataban de aniquilarse entre ellos. Pero nada más lejos de la realidad. La lucha consistía en esforzarse por entrenar con más intensidad y más prolongadamente que nunca, para mejorar sus habilidades. Katana pidió a Arrowette y a Cyborg que la ayudaran con las espadas, y Lady Shiva supervisaba las artes marciales. En el estado de incertidumbre en el que se encontraba, la joven asiática era consciente de que necesitaría toda la ayuda posible.

Waller observaba la escena y asentía. Llamó a Katana aparte.

–Me gusta lo que haces –le dijo–. Esta mezcla de artes marciales y manejo de la espada me parece muy interesante. Es importante que complementemos nuestros poderes con otros métodos de lucha. Es un elemento de sorpresa que desconcierta al enemigo. ¡Sigue así!

Justo en ese instante, Batgirl corrió hacia Waller.

–Estoy monitoreando las ondas hertzianas –dijo–. El escáner geográfico mundial indica que está sucediendo algo que los gráficos no llegan a indicar. Ha provocado una alteración en las corrientes oceánicas y ha causado un tsunami en la región japonesa de Chugoku.

Katana sintió una oleada de pánico. Esa región estaba muy cerca de su pueblo natal. Esperaba que sus padres estuvieran bien.

–¿Quién lo está provocando? –preguntó Waller, bajando la voz–. ¿Qué puedes contarme?

–Todavía no lo tengo claro, pero parece que se trata de un enorme reptil. Los primeros indicios muestran que la ola está ganando fuerza y velocidad.

–Continúa la investigación –ordenó Waller. Se volvió hacia Katana–. ¿Puedes intensificar el adiestramiento de los súpers? Es posible que nos llamen para participar en esto, y quiero que todo el mundo esté preparado.

La joven asintió.

—¿Y bien? —aulló la directora Waller—. ¿Qué hacen ahí parados? ¡Todo el mundo a trabajar!

No había tiempo para dormir, y casi tampoco para comer. Katana estaba agotada, y el resto de los súpers también. Había acudido al Bat-Búnker junto a Supergirl.

—¿Alguna noticia? —preguntó, y le pasó un sándwich a Batgirl.

—Parece que es un dragón —dijo la experta en informática, mordiendo la baguete proteica de mantequilla de cacahuate que los cocineros preparaban cuando los súpers necesitaban combustible rápido. Ajustó los controles de la mesa y una figura difusa apareció en las pantalla. Con los dedos volando sobre el teclado, Batgirl hizo un zoom sobre la criatura y la limpió digitalmente para que se viera mejor—. Gracias a Supergirl, conseguí muestras de ADN.

—Volé a Japón para ver si podía ayudar en algo, y mientras estaba allí, Batgirl me llamó por la pulsera —explicó la kryptoniana—. Conseguí recuperar una placa de acero del casco de un barco dañado que el reptil acababa de atacar. Fuera lo que fuese, ya había cambiado de lugar. No logré pruebas visuales porque tenía que salvar a los marinos.

Katana observó la placa del barco, que estaba en un rincón. Había tres muescas en el metal, como si hubieran sido atizadas por las horribles garras de alguna criatura monstruosa.

A continuación, Batgirl escaneó la foto con el programa VyC (Villanos y Criminales) que había creado para su padre, el comisario de policía Gordon.

—Esto llevará algo de tiempo —dijo mientras la base de datos recorría miles de perfiles.

—¡Mira! —gritó Supergirl, señalando la pantalla.

—¡Qué rápido! —se sorprendió Batgirl.

Katana miró el perfil y lo leyó en voz alta.

—«Dragon King. Criminal en busca y captura. Despiadado. Dragón de Komodo con superpoderes de fuerza, vuelo y mordisco tóxico. Armado y extremadamente peligroso.»

Las tres chicas miraban fijamente la pantalla. Katana pensó que aquella cara le sonaba de algo, pero no sabía de qué.

Batgirl siguió tecleando.

—Estoy repasando escáneres militares y policiales —explicó—. Dragon King se mueve por pequeños pueblos y grandes ciudades, provocando el caos y la destrucción a su paso. Lo peor es que está reclutando un ejército de voluntarios cuidadosamente seleccionados. La mayoría son criminales, y consigue incrementar su fuerza aplicándoles material genético de reptil.

—Pero ¿por qué? ¿Qué es lo que pretende? —preguntó Supergirl.

Batgirl apartó la silla de la mesa de mandos.

—Eso no lo sé —respondió sacudiendo la cabeza—. No hay demasiada información sobre él. Debe de haber operado principalmente entre las sombras.

Katana notó un golpe seco en el estómago. «Lo que busca tiene que ver conmigo.»

La noticia no tardó en difundirse. Lois Lane había anunciado en su programa de televisión que Dragon King se dirigía hacia Metrópolis. El comisario Gordon y el Departamento de Policía estaban en alerta máxima y Waller convocó una reunión de urgencia.

—Alumnos, la situación es grave —anunció. Parasite dejó de barrer y se apoyó en la escoba para escuchar mejor. Katana estaba sentada entre Batgirl y Big Barda. Nadie se movía—. Nuestras fuentes nos informan que un enemigo se dirige hacia Metrópolis, y nuestros servicios de inteligencia dicen que su destino final es Super Hero High. —Katana apretó la mano de Batgirl—. Necesitaré que algunos de ustedes acudan en ayuda de los necesitados cuando Dragon King empiece a arrasarlo todo a su paso. Su misión será proteger a los ciudadanos. Otros permanecerán en el campus, entrenando y preparándose. —Hizo una pausa, y luego añadió—: Súpers, deben prepararse para la batalla.

«Prepararse para la batalla», pensó Katana. ¿Dónde había oído antes aquella frase? De pronto, sintió un escalofrío.

Con estas espadas samuráis
confiadas a Katana
se desarrolla la historia.

Con estas espadas samuráis
confiadas a Katana
se prepara la batalla.

CAPÍTULO 25

Un sentimiento de euforia (y una pizca de pánico) invadía a Katana mientras reflexionaba sobre lo que debía hacer a continuación. Aunque sabía que había súpers más fuertes y seguros de sí mismos, recurrió a Miss Martian.

—Los haikus tienen la clave —le explicó—. Dicen que me prepare para la batalla, pero necesito consejo. Dijiste que pensabas que los Cangrejos Fantasma intentaban decirme algo. ¿Podemos hablar con ellos, por favor? ¡Necesito toda la ayuda posible!

—Haré lo que pueda —respondió la joven extraterrestre—, pero ya sabes que no me manejo bien bajo presión.

Katana asintió.

—Lo haremos juntas.

Miss Martian sonrió y por una vez no pareció que estuviera a punto de volverse invisible.

Los Cangrejos Fantasma estaban inquietos. Cuando Katana se acercó al Jardín de la Armonía, corrieron a ponerse en formación.

—Cangrejos Fantasma —empezó—, sé que Dragon King viene hacia nosotros y que se prepara una gran batalla. Pero desconozco la razón. Las espadas aparecieron de repente, y luego, una semana más tarde, lo hicieron ustedes. Y los haikus. ¿Qué significan los haikus? Sé que todo está conectado. Si tienen un mensaje específico para mí, ahora es el momento de compartirlo.

Los Cangrejos Fantasma permanecieron inmóviles.

—Miss Martian... —dijo Katana, y avanzó hacia un grupo de árboles.

—¡Hola! —dijo la chica de Marte a los Cangrejos Fantasma mientras salía de entre las sombras de los árboles. Luego se agachó delante de ellos y habló con voz potente, pero amable—. Concéntrense, por favor. Noto que quieren comunicarle algo a Katana. Pero si piensan todos a la vez, me cuesta distinguir lo que intentan decir. ¿Sería posible que uno hablara en nombre de todos? Eso lo haría todo mucho más fácil.

Los Cangrejos Fantasma se dividieron en pequeños grupos, y dio la sensación de que estaban conferenciando. Después volvieron a colocarse en formación. Uno de ellos dio un paso adelante. Era de color verde azulado, y el rostro de guerrero que llevaba grabado en el cascarón parecía fuerte y confiado.

Miss Martian le indicó con un gesto amable que se elevara en el aire para que pudieran «hablar» cara a cara.

Katana observó asombrada el rostro de la tímida extraterrestre que se volvía decidido y confiado al concentrarse mientras se comunicaba con aquel pequeño ser. Por fin, el Cangrejo Fantasma descendió flotando y recuperó su lugar en la formación.

—El objetivo de Dragon King es conseguir la espada *Muteki* —le dijo Miss Martian. El corazón de Katana latía con fuerza. Era una espada legendaria, se le conocía como *Espada Invencible*, porque quien la poseía adquiría grandes poderes—. Dragon King lleva décadas buscando discretamente la espada —continuó—. Ahora tiene razones para creer que se encuentra en Super Hero High...

Batgirl continuaba encerrada en el Bat-Búnker siguiendo la pista de Dragon King. Waller había enviado a algunos súpers en misión de búsqueda y rescate. En todas las ciudades por donde pasaba, Dragon King iba aumentando sus fuerzas, reclutando nuevos combatientes para su ejército, que contaba ya con ochenta y tres componentes.

—¿Qué te parece? —preguntó Katana a Batgirl después de explicarle lo que había descubierto Miss Martian.

—Tiene todo el sentido del mundo. ¿Cómo no se me había ocurrido? —respondió Batgirl—. Hay cien espadas y cien Cangrejos Fantasma.

—¿Una espada para cada cangrejo? —dijo Katana—. Pero las espadas son muy grandes y los cangrejos muy pequeños.

—Tal vez deban ser ellos los guardianes de las espadas —propuso Batgirl.

—Pero cuando Dragon King afinó en la búsqueda de las espadas, los cangrejos acudieron a Super Hero High para ayudarnos. ¡Esto significa que la leyenda de la espada *Muteki* es cierta! —dijo Katana.

—¿Crees que está aquí? —preguntó Wonder Woman, que acababa de entrar.

—¿Por qué otra razón Dragon King iba a reunir un ejército? Quiere la espada y está dispuesto a luchar para conseguirla —continuó Katana.

—Lois Lane acaba de informar que ese villano y su ejército de reptiles mutantes se dirigen hacia aquí —anunció Bumblebee, que había entrado zumbando en la habitación y ahora recuperaba su tamaño normal—. ¡Tenemos que prepararnos enseguida!

—El haiku decía que nos preparáramos para la batalla —añadió Katana—. Y lo hemos hecho. Espero que sea suficiente.

—No tenemos elección —dijo Supergirl, uniéndose a ellas—. ¡Miren!

Batgirl tenía acceso a todas las cámaras de seguridad del planeta. Había abierto múltiples ventanas en la pantalla de su computadora. La principal mostraba un puente que casi había sido destruido por Dragon King, que era tan alto como dos hombres. Se veía a las superheroínas gemelas Thunder y Lightning acudiendo al puente a toda velocidad. Utilizando sus potentes ondas sísmicas, Thunder consiguió evitar que el puente se derrumbara, al aprovechar la vibración del aire y crear así un cojín de seguridad. Mientras tanto, Lightning generaba relámpagos de energía eléctrica para volver a soldar el metal y otros súpers trasladaban los coches y a sus ocupantes a un lugar seguro.

«Es tan grave como parece –informaba Lois Lane en las noticias que se estaban emitiendo en una esquina de la pantalla de Batgirl–. La pregunta es: ¿quién es Dragon King y qué es lo que busca?»

–La espada *Muteki* –susurró Katana, posando la mano sobre su espada en busca de consuelo.

–Pero ¿cuál es la *Muteki*? –preguntó Supergirl.

–No lo sé. Podría ser cualquiera de las cien –contestó.

A sus espaldas, una vocecita dijo:

–La espada sólo se dará a conocer a aquel cuyo espíritu refleje los más altos ideales de un noble guerrero.

–¿Te lo han dicho los Cangrejos Fantasma, Miss Martian? –preguntó Batgirl.

La chica de Marte se hizo visible y asintió.

–Esto significa que alguien de Super Hero High podría usar la espada *Muteki* y llevarla a su pleno potencial, demostrando de este modo su valía –continuó Katana. Hizo una pausa y miró a sus amigas–. Pero ¿quién?

CAPÍTULO 26

—Vamos a transmitirles ahora una información que será crucial en la batalla que están a punto de librar —declaró la directora Waller con solemnidad.

El resto de los profesores, con expresión seria, se había situado detrás de la mujer. Parasite escuchaba con atención desde la parte posterior del auditorio.

—Katana, acércate, por favor —dijo Waller.

La joven subió al estrado y se acercó al micrófono.

—Nos han llegado informaciones, gracias a Miss Martian y a Batgirl —dijo—, de que Dragon King no tardará en llegar a la ciudad. Cuenta con un ejército cuyos miembros han sido modificados genéticamente con ADN de reptil, y probablemente dotados de velocidad y reflejos aumentados y quién sabe qué otros superpoderes. No obstante, todo esto no son más que distracciones. Lo que busca Dragon King es la espada *Muteki*, que transforma en invencible a aquél que la posee.

El auditorio en pleno se removió con inquietud. Muchos habían oído hablar de la existencia de aquella arma, pero nadie pensaba que llegaría a ver tal maravilla.

Beast Boy levantó la mano y preguntó:

—¿Insinúas que una de las espadas que utilizamos en clase de esgrima podría ser la *Espada Invencible*? ¿Que uno de nosotros podría ser su verdadero propietario? ¿Que alguien, por ejemplo yo mismo, podría tener ese poder?

—Súpers, deben luchar con sus propios poderes, pero también deben utilizar la espada que les ha sido asignada —dijo Katana—. Ignoramos cuál de ellas es la espada *Muteki* y quién va a despertarla, en caso de que sea alguno de los que estamos en este instituto. Lo que sí sabemos es que Dragon King querrá luchar contra cada persona que empuñe una espada, porque querrá comprobarlas todas hasta encontrar la que está buscando.

Guardó silencio y se volvió hacia Waller, que dijo:

—¡Superhéroes, vayan por las espadas y prepárense para la batalla!

Los alumnos de Super Hero High nunca habían estado tan concentrados. Katana supervisaba el último entrenamiento con las espadas y daba órdenes sin parar. Mientras los súpers se ejercitaban en el exterior del edificio, espadas en mano, los Cangrejos Fantasma observaban desde los laterales, tal como habían hecho durante los entrenamientos. Con la diferencia de que esta vez la cosa iba en serio.

—¿Estás preparada? —preguntó Katana a Wonder Woman.

—Siempre —respondió la princesa amazona mientras se ataba las pulseras indestructibles y se ajustaba el escudo.

Katana sonrió y se volvió para supervisar a los demás.

—¡Cheetah, empuña la espada con más fuerza!

»Barda, ¡no tan fuerte!

»¡Raven, haz un movimiento de barrido!

»¡Harley, deja la cámara de video!

—¡Pero si tengo que documentarlo todo para *Los Quinntaesenciales de Harley*! —se quejó la chica—. ¡El mundo entero querrá verlo!

Tanto Katana como Wonder Woman la miraron con severidad.

—De acuerdo —gruñó ella, y tomó una espada que lucía incrustaciones de rubíes rojos—. Pero cuando hayamos ganado la batalla, ¡quiero entrevistas exclusivas!

Batgirl se acercó a Katana.

—Creo que el material genético que utiliza Dragon King procede de dragones de Komodo —dijo—. No sólo porque sus mordiscos son extremadamente tóxicos, sino por las características de sus garras y dientes y la dureza de la piel. También cuenta con una espada propia, que pesa mucho y tiene una muesca por cada batalla vencida. Es un elemento peligroso, pero eso no hace falta que te lo diga.

—Gracias, Batgirl —dijo Katana, absorbiendo la información. Llamó a sus cocapitanes.

—Lady Shiva, Cyborg, Arrowette, reúnan a los súpers. ¡Tengo que decirles algo importante!

En pocos minutos, hasta cien adolescentes de Super Hero High, con las espadas al cinto, se mostraban expectantes ante lo que iba a decirles su capitana. Katana observó al equipo de esgrima. Apenas unas semanas antes habían estado tonteando con las espadas, pero ahora estaban listos para la batalla.

—Estas espadas les han sido confiadas —les dijo Katana—. No les pertenecen, pero pueden utilizarlas. Es posible que una de ellas tenga un poder casi mágico, pero eso todavía está por verse.

»Todos tienen poderes y habilidades especiales. No se olviden de ellos, al contrario, deben potenciarlos con sus espadas. Juntos podremos encarar al enemigo.

Nerviosos y excitados, los súpers se pusieron a hablar todos a la vez. Para esto se habían entrenado durante la mayor parte de su vida.

Harley encendió la cámara.

—¿Quién creen que será el gran guerrero que activará la espada *Muteki*? —preguntó a los alumnos que tenía más cerca.

Cada uno tenía su propia teoría.

—No sé cómo decirlo sin parecer un fanfarrón —contestó Beast Boy—. Pero estoy bastante convencido de que seré yo.

—Creo que probablemente será Supergirl quien despierte a la espada —dijo Big Barda, con sinceridad.

—Podría ser yo —señaló Star Sapphire—. ¿O tal vez Frost?

—Podría ser cualquiera de nosotros —concluyó Hawkgirl.

Mientras los demás llamaban a sus padres y hablaban nerviosamente entre ellos, Katana se dispuso a buscar a los Cangrejos Fantasma, a los que en ese momento no veía por ninguna parte.

—Me encantaría tenerte a mi lado —le dijo a Miss Martian.

A pesar de las circunstancias, la chica de Marte sonrió.

—Sin necesidad de leerte el pensamiento, sabía que lo dirías, y a mí también me encantaría luchar junto a ti —contestó.

Aparte de la brisa cálida y de las flores espléndidas, el Jardín de la Armonía estaba vacío. Desanimada, Katana olió una flor de bola de nieve. Fue entonces cuando cayó en la cuenta: sabía dónde estaban los Cangrejos Fantasma.

—¡Tenías razón! —dijo Miss Martian—. El lugar donde empezó todo.

Katana llevaba algún tiempo sin bajar al acueducto subterráneo. Le encantaban la oscuridad y el frescor de aquel lugar, tan diferente al caos controlado del exterior. Habían encontrado a los Cangrejos Fantasma en el túnel, por el cual discurría ahora un agua poco profunda. La súper asiática se arrodilló al borde del agua.

—Suponía que los encontraría aquí —dijo—. Ni siquiera sé si pueden entenderme. Pero me honra que me hayan confiado las espadas. Como ustedes, haré lo posible para mantenerlas a salvo. No sé a quién pertenecen, pero deben de ser muy importantes para ustedes...

—Pertenecen a los Cangrejos Fantasma —dijo Miss Martian.

Katana sacudió la cabeza.

—No sé si lo entiendo. Estos cangrejos son muy pequeños. ¿Cómo podrían blandir una espada?

—En esta vida no pueden hacerlo —le explicó su amiga, que se mantenía con los ojos cerrados. Asintió como si finalmente hubiera comprendido algo muy especial—. Pero, en otra vida, estas espadas pertenecieron a los samuráis. Los Cangrejos Fantasma son los espíritus de esos guerreros caídos.

A Katana se le aceleró el corazón. De pronto, todo cobraba sentido. Pero seguía sin entender por qué esas criaturas la habían elegido a ella para custodiar las espadas.

—¡Katana! —gritó una voz.

Era Supergirl.

—¡Estás aquí! Batgirl me pidió que te diga que Dragon King está a menos de una hora de distancia.

Los Cangrejos Fantasma se empezaron a mover.

Uno por uno, fueron saliendo del agua, hasta que todos estuvieron en tierra firme.

—Quieren luchar —explicó Miss Martian—. Aquí, en la calma de los acueductos, se preparan para la batalla. Mental y físicamente.

Katana los miró. Los rostros de guerreros grabados en los caparazones eran como cuadros hermosísimos.

—No, lo siento —dijo—. No permitiré que lo hagan.

Los Cangrejos Fantasma avanzaron, pero ella permaneció inmóvil.

—Les muestro mis respetos, antiguos samuráis —dijo, inclinándose—. Pero son los espíritus de unos guerreros que libraron muchas batallas, y ahora se encuentran entre dos mundos: el mundo fantasmal y el mundo real. Los que pertenecemos a este mundo lucharemos por ustedes. Es una batalla en la que los vivos deben honrar a los que ya no están, y les prometo que haremos todo lo posible para conseguirlo. Les doy mi palabra.

Miss Martian, Supergirl y Katana esperaron alguna reacción. Al no haber ninguna, la capitana del equipo de esgrima empezó a desesperarse. Dragon King se acercaba rápidamente, pero para ella era importante tener la bendición de los Cangrejos Fantasma. A paso lento, éstos dieron media vuelta y fueron desfilando hacia el acueducto.

—Tenemos que irnos —le recordó Supergirl—. Dragon King se acerca.

Katana se volvió para salir, pero Miss Martian gritó:

—¡Espera! ¡Han dejado un mensaje para ti!

Había una caracola flotando en la superficie del agua. La joven asiática la pescó y se la llevó al oído...

Con estas espadas samuráis
confiadas a Katana
se tranquiliza la mente.

CAPÍTULO 27

Se estaban haciendo los preparativos finales. El profesor Fox comprobaba todas las armas; Wildcat recordaba a los alumnos que hicieran estiramientos y flexiones; Liberty Belle recitaba escenas de grandes batallas de la historia; Crazy Quilt repasaba los trajes para asegurarse de que estuvieran listos para el combate; Doc Magnus trabajaba con Batgirl para verificar que todo el material tecnológico de la escuela funcionaba perfectamente, y el comisario de policía Gordon se hallaba en Metrópolis al mando de la fuerza policial de la ciudad.

> CON ESTAS ESPADAS SAMURÁIS
> CONFIADAS A KATANA
> SE TRANQUILIZA LA MENTE.

Katana repetía el haiku una y otra vez. ¿Qué significaba? ¿Cómo alguien podía estar tranquilo cuando debía enfrentarse al ejército de reptiles que se aproximaba? La mente le iba a mil por hora y unas corrientes eléctricas le recorrían el cuerpo, anticipando lo que le esperaba.

Ahora no podía hacer otra cosa que esperar.

Concentrada en el Bat-Búnker, Batgirl miraba de reojo un mapa interactivo en una de las computadoras. Wonder Woman y Supergirl observaban por detrás de su hombro cuando Katana irrumpió en la habitación. La mayoría de los súpers le habían pedido poder seguir entrenando con las espadas, y ella había dejado a Arrowette, Cyborg y Lady Shiva a cargo de la supervisión de las actividades.

—Voy a necesitarlos a todos a mi lado —dijo la capitana de esgrima. Intentaba centrarse, pero seguía pensando en el haiku misterioso. ¿Qué trataba de decirle la caracola con aquello de la mente tranquila?

—TEL en catorce minutos —anunció Batgirl—. En el búnker o en plena batalla, voy a estar a tu lado —le aseguró, y luego añadió—: TEL significa «tiempo estimado de llegada». Dragon King y su ejército estarán aquí dentro de catorce minutos. Bueno..., que sean trece.

A su lado, la expresión de Wonder Woman adquirió un tono guerrero y agresivo.

Katana, por su parte, estaba muy seria.

—¡Muy bien, súpers, vamos por ellos! —exclamó.

En el exterior, el cielo había oscurecido.

—Es el mismo cielo —susurró Hawkgirl a Katana.

—¿A qué te refieres?

—El día que rescatamos a Parasite, el cielo tenía exactamente el mismo aspecto justo antes de que el océano se agitara y destruyera la balsa.

Katana asintió. Su amiga tenía razón.

—¡Súpers, prepárense para la batalla! —gritó Wonder Woman, alzando el escudo hacia el cielo. Dio un paso atrás y Katana ocupó su lugar.

—Recuerden lo que les dije en los entrenamientos. Las espadas son un suplemento de las armas y los poderes, no un sustituto. Dragon King busca una espada en concreto, la que según la leyenda concederá a quien la empuñe poderes invencibles. No sé si esto es cierto o son simples leyendas del pasado, pero sé que ese villano no cejará hasta conseguir su objetivo. Cuando se descubra la identidad de la espada, todos defenderemos a quien la tenga —prometió Katana—. Aunque Dragon King sólo busque una espada, nosotros somos y siempre seremos un equipo. ¡Combatiremos y nos defenderemos juntos! —dijo entre las porras entusiastas de sus compañeros.

Cuando el ambiente se fue apaciguando, las oscuras nubes grises se espesaron y bloquearon el sol. Arremolinándose como olas en el mar, fueron descendiendo hasta casi tocar la amatista que coronaba la torre de Super Hero High. Entonces, como si la joya hubiera pinchado las nubes, éstas estallaron de un modo tan estentóreo que se rompieron algunas ventanas y llovieron pedazos de cristal.

Dragon King bajó por el punto donde el cielo se había abierto en canal, seguido por el grueso de su ejército. Algunos volaban con alas de cuero, otros bajaban a pie por todos los costados de la escuela. Katana observó a su principal enemigo. Era enorme y musculoso. Aunque llevaba armadura, las gruesas escamas ya eran protección suficiente. Los dientes afilados parecían cincelados y mortíferos, tenía unos ojos pequeños pero brillantes que reflejaban la maldad que le era inherente, y sólo con su cola podría derribar a un buen número de guerreros de un sólo golpe. En las garras de una mano sostenía su propia espada.

Katana nunca había visto una espada tan poderosa en apariencia. Cuando Dragon King blandió la hoja afilada y gruesa por encima de su cabeza, el sonido del aire al cortarse resonó por todo el instituto. Algunos súpers retrocedieron, aunque no estaba cerca de ellos. Otros avanzaron. La capitana del equipo de esgrima permaneció inmóvil, observando, pensando, planeando.

Dragon King estudió la situación, haciendo recuento de los súpers y de su propio y andrajoso ejército. Una sonrisa malvada le atravesó el rostro y a continuación abrió su enorme boca y soltó un rugido monstruoso. El fuego que despedía quemó totalmente el Jardín de la Armonía, que quedó reducido a apenas algunas ramas calcinadas. Complacido consigo mismo, el reptil derribó la estatua de la Justicia (la musa simbólica de la escuela) y se encaramó de un salto en el pedestal.

—No está mal, la escuelita —dijo a la directora Waller, que estaba parada delante de sus alumnos, con los brazos cruzados y la mandíbula apretada. La frialdad de su mirada era tal que Katana sintió un escalofrío—. Miren a todos estos estudiantes —continuó Dragon King, dirigiéndose ahora a su ejército—. Me acuerdo de cuando yo iba a una escuela como ésta. Claro que la mía no era tan exclusiva ni tan bonita. ¡Por favor, cómo odiaba ese sitio! —aulló—. No era un alumno popular y sólo tenía una amiga. En cambio, ¡mírenme ahora! Aquí estoy, en Super Hero High, y juraría que todo el mundo se muere por conocerme. ¿Qué les parece?

Katana pensó que nunca había visto nada parecido a aquel personaje. ¿O tal vez sí? Había algo inquietantemente familiar en ese villano.

–¡Tú! –gritó el reptil.

Katana miró a su alrededor. ¿Estaba hablando con ella?

–¿Te gusta tu instituto?

–Sí –dijo la joven en voz alta y clara.

Dragon King soltó una carcajada larga y profunda y blandió la espada.

–Pues bien, a ver si te hacemos cambiar de opinión.

TERCERA PARTE

CAPÍTULO 28

—¡Ejército, al ataque! —rugió Dragon King con tanta fuerza que hizo temblar la tierra. Permanecía en el pedestal mientras su ejército corría a la batalla.

Katana lanzó una mirada a Wonder Woman.

—Súpers, preparados, listos... ¡ya! —gritó la princesa de Paradise Island, sobrevolando la escena y comandando la primera oleada de súpers.

Katana no tenía tiempo para sentir miedo. Ya había participado en otras batallas, incluyendo la que se libró contra el ejército de Furias Femeninas de Granny Goodness. Observó a Big Barda, que entonces era una de las Furias y había combatido contra los súpers. Ahora estaba de su lado, y Katana no pudo reprimir una sonrisa al verla resplandecer en el campo de batalla.

Llevaba la Mega Rod en una mano y una de las espadas japonesas enfundada en un costado, lista para ser usada cuando llegara el momento. Al ver que un reptil mutante avanzaba hacia ella, Barda alzó la Mega Rod y le propinó un sonoro golpetazo que lo envió volando hasta la otra punta de los terrenos del instituto.

—¡Uno menos, quedan docenas! —dijo Barda, satisfecha—. Pero ¿quién lleva la cuenta?

—¡A tu espalda! —gritó Bumblebee, que volaba por detrás de un guerrero alado que iba derecho hacia Barda.

Ésta hizo una marometa, desenfundó la espada, embistió y acertó al enemigo acorazado con tanta fuerza que le partió el escudo y lo lanzó volando hacia atrás. El híbrido de humano y reptil no se detuvo hasta que topó contra el edificio de administración.

Barda miró su espada, que se había torcido. Con su increíble fuerza, la enderezó hasta que quedó como nueva.

—Bueno, ya veo que ésa no es la espada *Muteki* —dijo Dragon King, que bostezaba mientras paseaba la mirada por el campo de batalla.

Katana comprendió su estrategia. Iba a dejar que los mutantes hicieran la guerra, y cuando viera a un súper con una espada indestructible o que diera muestras de otorgar un gran poder a quien la empuñaba, iría personalmente por él. Al mirarlo, sintió una especie de conexión, por inquietante que fuera. Pero no había tiempo para reflexionar.

—¡Necesito refuerzos! —gritó alguien.

En un instante, Katana acudió a luchar junto a Cheetah, que se batía contra un trío de reptiles.

—¿Tres contra uno? No es justo —ronroneaba la carismática súper—. En cambio, ¡tres contra dos es perfecto!

Entre las dos jóvenes derrotaron fácilmente a sus contrincantes con una serie de patadas aéreas y ganchos bajos ejecutados al unísono.

Cerca del edificio de los vehículos, Batgirl combatía contra un gigantesco reptil mutante que había arrancado el tronco de un árbol e intentaba golpearla, esparciendo la tierra y las raíces por todas partes.

—¿En serio? —dijo Batgirl—. A Poison Ivy no le va a gustar.

Se sacó un pequeño frasco del cinturón multiusos y vertió su contenido gaseoso sobre la cara del agresivo mutante. Cuando respiró el gas, el lagarto guerrero soltó el árbol y cayó de rodillas. Batgirl le dio un golpe en la cabeza con la empuñadura de la espada y lo dejó fuera de juego.

—Esto ha sido fácil —dijo la chica—. Lo sabía. Debería haber fabricado más repelente de reptiles después de ver lo bien que funcionó con Croc.

Durante la batalla, Katana intervino para ayudar a algunos de sus compañeros y también luchó en solitario con un par de reptiles. Pero ninguno de sus contrincantes estuvo a la altura de la nieta de la superheroína samurái, y varios guerreros de Dragon King salieron huyendo inmediatamente al verla.

Mientras estaban luchando codo con codo, Supergirl le dijo a Katana:

—Está susurrando.

—¿Quién? —preguntó la capitana de esgrima, que en aquel momento ejecutaba una marometa hacia atrás por encima de un par de reptiles que estaban a punto de atacar a Thunder y Lightning.

—Dragon King —contestó la kryptoniana mientras lanzaba por los aires a un par de ariscos mutantes y observaba cómo Frost los congelaba antes de que cayeran al suelo—. Estoy utilizando mi superoído.

—¿Y qué dice? —preguntó Katana. Miró a su alrededor, orgullosa de lo que veía. Beast Boy se había convertido en reptil y confundía al enemigo. Arrowette lanzaba flechas, algunas en llamas, tan deprisa que el enemigo no comprendía lo que se le venía encima. Wonder Woman había atado a varios soldados con el Lazo de la Verdad, y ahora todos lloraban y decían que Dragon King los había engañado.

—Ninguna de las espadas lo está impresionando —informó Supergirl—, pero sí lo está con nosotros.

—Y hace bien en estarlo —declaró Katana. Con la mano, señaló a Hawkgirl y Bumblebee. Ambas volaban en círculo alrededor del enemigo. La primera acorralaba a los reptiles y la segunda lanzaba aguijonazos eléctricos y los hacía caer en cuatro patas.

En el jardín donde realizaba sus proyectos, la habitualmente dulce Poison Ivy estaba gritando a algunos guerreros reptiles.

—¡¡¡No pisoteen mis plantas!!! —les advertía, y al ver que no le hacían ningún caso, buscó en el bolso las flores bomba que había fabricado en la clase del profesor Fox. Lanzó las armas describiendo un globo y contempló satisfecha cómo explotaban y creaban una red de rosales llenos de espinas en la que cayeron varios enemigos a la vez.

Supergirl y Katana entrechocaron las manos. Pero antes de que pudieran decir nada, se encontraron rodeadas por una docena de mutantes rabiosos. Las chicas compartieron una sonrisa.

—¡Esto va a ser divertido! —dijo la súper de Krypton.

—¿Va a ser? ¡Creo que ya lo está siendo! —respondió Katana—. Tres, dos, uno... ¡Vamos allá!

Mientras Supergirl arrollaba a los guerreros, Katana se abalanzó sobre un trío de ellos y los lanzó por los aires. Entonces, usando sus habilidades en artes marciales, los desarmó mientras les propinaba repetidas patadas para derribarlos. Desenfundó la espada y derrotó con facilidad a seis más. La joven repitió los movimientos que Onna le había enseñado, exhibiendo toda su elegancia. Aunque se tratara de una batalla, parecía más bien un ballet, exceptuando, por supuesto, los momentos en que los enemigos iban cayendo uno por uno, gritando: «¡Uuuf!» y «¡Ugh!» y «¡Me rindo!».

Una vez neutralizada la docena, The Flash, que correteaba con unas esposas y unos cables de acero en las manos, tardó menos de un segundo en atarlos a todos. Katana sonrió a Supergirl, pero ésta le respondió con una expresión de sorpresa.

—¿Qué ocurre?

—Dragon King...

La capitana de esgrima se llevó un buen susto al ver de repente a Miss Martian parada al lado de Supergirl.

—Díselo tú —dijo la kryptoniana—. Yo sólo puedo oír sus murmullos, pero tú debes de saber más que yo.

La joven de Marte tragó saliva.

—Katana, Dragon King no estaba nada impresionado con las espadas de los súpers... ¡hasta que te vio a ti!

—¡Ejército! —rugió Dragon King—. Sigan luchando, pero apártense para dejarme sitio. Hay una batalla que quiero librar personalmente. ¡Una batalla que he estado esperando desde hace mucho tiempo!

Katana se volvió justo a tiempo para ver cómo el villano, con una sonrisa siniestra en el rostro, saltaba del pedestal y volaba hacia ella. Miss Martian desapareció y

Supergirl sacó los puños y echó a volar para cortar el paso a la monstruosa criatura.

—No —dijo Katana con voz cortante—. No —repitió con mayor suavidad—. Lucharé yo sola contra él.

—¿Estás segura? —preguntó su amiga, indecisa.

—Ve a ayudar a los demás. De esto me ocupo yo.

Supergirl se alejó volando y Dragon King aterrizó ante Katana y la cubrió con su sombra.

—Vaya, vaya, señorita. Tú debes de ser la nieta de Onna-bugeisha Yamashiro —dijo en un tono suave que no inspiraba ninguna confianza—. He oído hablar de ti.

—Es curioso —dijo ella. Ambos se pusieron a caminar en círculos—. Yo, en cambio, nunca había oído hablar de ti. Hasta el día de hoy.

—¿Ah, no? —siseó él, herido en su orgullo—. ¿Tu abuela nunca te habló de mí? Puesss ella me habló de ti y me dijo que, aunque todavía eras muy joven, tenías potencial para llegar a ser algún día una superheroína samurái.

Katana no entendía nada. ¿Onna le había hablado de ella? ¡Un momento!

De pronto, todo cobró sentido. Dragon... Dragon King. Dragon Prince. Diferentes nombres para el mismo tipo. Katana recordó el cofre de teca que guardaba en su habitación. Había fotos de Onna con Dragon Prince. Incluso hablaba de él en el diario. Pero por entonces era un reptil delgaducho. Había cambiado, pensó Katana, ¡y se había concedido un ascenso a sí mismo!

—¿Eran amigos? —preguntó la chica, sorprendida.

—Ella era mi amiga —dijo él, riendo—. Pero al final yo no resulté ssserlo de ella.

CAPÍTULO 29

Katana permaneció inmóvil, esperando a que Dragon King continuara. El gran reptil se relamió los labios rugosos con la lengua de lagarto y le dedicó una sonrisa serpentina.

—Ella tenía algo que yo quería —dijo, observando los combates que se libraban a su alrededor—. Quedamos un día, años después del instituto...

Fue entonces cuando Katana cayó en la cuenta de lo que había pasado. Fue un golpe tan fuerte que sintió que se ahogaba y se llevó las manos al estómago. Sus padres le habían contado que la noche en que Onna había fallecido iba a reunirse con un antiguo amigo del instituto. Tenía que ser él. Ella había confiado en su amigo, pero éste la había traicionado.

Dragon King soltó una carcajada, aunque lo que estaba explicando no tenía nada de divertido.

—Ssssí, ssssí —siseó—. Me parece que ahora ya sabes quién soy. Yo quería la espada *Muteki*, que estaba en poder de tu abuela. Pero la espada que le quité no tenía ningún poder especial. Entonces..., bueno, todos sabemos cómo terminó el asunto.

Katana se había quedado sin habla.

–Tú, querida, te manejas bastante bien con la espada, y tu estilo me recuerda al de tu abuela. Es fluido. Por eso, mientras mis secuaces luchan para encontrar la *Espada Invencible*, propongo que tú y yo libremos nuestro propio combate. En cuanto me haya deshecho de ti, podré concentrarme en mi misssión. ¿Qué me dicesss? No voy a permitir que la pequeña nieta de Onna-bugeisha Yamashiro se interponga en mi camino, ¿verdad?

Un escalofrío recorrió el cuerpo de Katana. En la pesadilla, ella corría y corría. Algo o alguien la perseguía. Ahora sabía de quién se trataba. Era Dragon King. Su pesadilla se había hecho real.

–No te tengo miedo –le dijo, irguiéndose. El dolor y la rabia la habían desconcertado, pero no podía permitir que Dragon King supiera que estaba asustada.

–Oh, Katana, eres igual que Onna-bugeisha –dijo el enorme reptil, sacudiendo la cabeza con falsa tristeza. Aunque no se parecía en nada al chico del instituto, los ojos pequeños y brillantes eran los mismos. En aquel entonces tenía un aspecto desvalido, pero ahora el villano que Katana tenía delante parecía extraordinariamente fuerte y seguro de sí mismo.

Dragon King afiló la hoja de su espada contra las escamas de su pierna, que casi parecían metálicas.

–Ella era valiente, sssí, pero también tenía sus flaquezas –musitó–. A los más grandes siempre les pasa. ¿Eres tú una de las más grandes, Katana? ¿Es ése tu objetivo? Me pregunto cuál será la flaqueza que te perderá.

Lo que intentaba era ponerla nerviosa, recordó la joven.

–Mi abuela no tenía flaquezas –dijo, desafiante. Estaba ansiosa por atacar y vengar su muerte, pero a la vez era consciente de que Dragon King sabía muchas cosas de la joven Onna, historias que ella deseaba escuchar–. Háblame de ella.

–Sssuplícamelo –dijo él, mezclando la condescendencia con su susurrante silbido de reptil. Disfrutaba de la situación. Katana apretó los dientes y se quedó mirándolo. El hombre reptil soltó una risita–. Bueno, casi lo consigues.

»Veamosss –empezó con lentitud–. En la escuela, Onna era una chica muy popular. Apuesto a que tú también lo eres, ¿verdad? –Al ver que Katana no contestaba, el lagarto entrecerró los ojos–. Detesto la popularidad. Está sobrevalorada. Los que son populares lo tienen muy fácil. Mírame a mí, yo no lo era. No tenía el aspecto que tengo ahora.

Flexionó los músculos enormes, y con un rugido, soltó una llamarada por la boca que incendió el extravagante coche deportivo antiguo de Crazy Quilt. El lamento del profesor pudo oírse por encima del rugido de la batalla.

–Sólo me hablas de ti. ¿Qué puedes decirme de mi abuela? –preguntó Katana. Se estaba reprimiendo tanto como podía.

–Ah, ssssí –dijo él, mirando a lo lejos. Frost estaba cubriendo el coche con capas de hielo para apagar las llamas. Los mutantes luchaban contra los súpers y parecía que éstos estaban ganando. El comisario Gordon había desplegado varias hileras de vehículos de transporte especialmente reforzados del cuerpo de policía de Metrópolis e iba deteniendo a los soldados de Dragon King y llevándoselos de allí.

A pesar de todo, el villano no parecía nada preocupado con lo que pasaba a su alrededor.

–Sssí, Onna-bugeisha Yamashiro era una samurái imponente. Querida por todos... Bueno, por la mayoría. ¿Su flaqueza fatal? –Sonrió a Katana, mostrando la lengua letal de lagarto–. La flaqueza fatal de Onna fue confiar en mí.

Katana notó que todo su cuerpo se tensaba. Quería abalanzarse sobre él, pero se reprimió. Lo que buscaba era la verdad.

–Le dije que quería verla –continuó Dragon King–. Que tenía un regalo para ella después de tantos años. Como una estúpida, accedió a verme. Pero no era yo quien tenía algo para ella, sino que era ella la que tenía algo que yo quería. La espada *Muteki*, la legendaria *Espada Invencible*. Todo el mundo conocía la existencia de una famosa superheroína samurái, pero nadie sabía quién era. Yo, en cambio, sí lo sabía. No podía ser nadie más que Onna. La maestría con la espada, la fuerza y determinación, la costumbre pintoresca de querer ssssalvar a la gente de las fuerzas del mal; evidentemente, tenía que ser mi antigua compañera de classse, Onna-bugeisha. ¿Y cómo era capaz de tantas proezas? Con la ayuda de la espada, por supuesto.

Katana apenas podía respirar, pero no por culpa del humo que despedía el coche que ardía a fuego lento.

–Continúa, por favor –dijo, dudando de si realmente quería oír lo que tenía que decir. Le sudaban las manos y le costaba empuñar la espada.

Dragon King clavó las garras en su propia espada y empezó a caminar en círculos alrededor de Katana. Ella, a su vez, volteó sobre sí misma. Giraban el uno alrededor del otro con la misma lentitud y certeza que la Luna alrededor de la Tierra y la Tierra alrededor del Sol. Y tenían la misma incapacidad de escapar el uno del otro.

—Acordamos que nos encontraríamos en la orilla del mar —continuó él—. Había unas dunas enormes y el viento soplaba tan fuerte que me tiraba la arena a la cara. Le dije a Onna que quería su espada, y cuando ella me preguntó por qué, respondí: «Para gobernar el mundo, por supuesto». —Dragon King sacudió la cabeza—. Fui sssincero. Pero a ella no le gustó.

»Luchamos. Tal vez no fue justo que yo contara con un centenar de secuaces, pero uno hace lo que tiene que hacer. Al final, conseguí quitarle la espada. ¡Pero me había engañado! ¡No era la espada *Muteki*! —bramó—. ¡No la tenía!

Entrecerró los ojos y observó a su ejército, que se enfrentaba a las espadas de los súpers.

Bumblebee estaba en plena forma. Batió las alas, se lanzó de cabeza hacia un mutante y le propinó una descarga eléctrica.

Wonder Woman llevaba una espada en una mano y el Lazo de la Verdad en la otra.

Cyborg luchaba junto a Lady Shiva, que combinaba movimientos letales de artes marciales con la esgrima.

Y Harley Quinn había conseguido montar la cámara sobre la espada, y combatía con tanta alegría que sus carcajadas enloquecidas eran suficientes para ahuyentar a los mutantes antes de poder desafiarlos.

—¡Vuelvan! —les gritaba, persiguiéndolos por toda la escuela—. ¡Quiero grabarlos en video!

Dragon King hizo un gesto de desprecio en dirección a todo aquel alboroto.

—Una de esas espadas es la legendaria *Muteki*. He dedicado la última década de mi vida a intentar encontrarla, ¡y no cejaré hasssta conseguirlo!

—¿Cómo sabes que es una de ellas? —preguntó Katana.

El reptil sacudió la cabeza como si le hubieran hecho una pregunta estúpida.

—Si Onna no tenía la espada, era fácil adivinar que la tenía otro samurái.

Ambos continuaron caminando en círculos, esperando a que el otro lanzara la primera estocada. A cada paso, el círculo se estrechaba, acercándose cada vez más el uno al otro. Ahora estaban tan cerca que Katana sentía el aliento caliente de Dragon King.

—Y ahora estás aquí —dijo ella. Sus ojos, normalmente claros, se habían oscurecido—. ¿Qué piensas hacer?

CAPÍTULO 30

—Oh, Katana. Eres muy perssspicaz —dijo Dragon King con sarcasmo—. En efecto, estoy aquí. Según cuenta la leyenda, hay cien poderosas espadas samuráis de guerreros caídos guardadas en un templo bajo el agua.

—Continúa.

Katana seguía provocándolo, y al mismo tiempo se preparaba para la batalla. Pensó en Onna, en cómo había confiado en Dragon Prince. Ella no iba a caer en la misma trampa.

—Por fin, encontré el templo de las espadas sssagradas —fanfarroneó—. ¡Pero las espadas no estaban! Tardé algo de tiempo, pero finalmente descubrí que estaban en Sssuper Hero High. Y aquí me tienes. He venido a reclamar lo que me pertenece por derecho.

—¿Por derecho? —respondió Katana, cada vez más rabiosa—. ¿Por qué te pertenece? ¡No te la mereces!

—¡Mocosa! —dijo Dragon King, escupiendo al suelo—. Me aburres. No sirves para nada. ¡Fuera de mi camino! ¡Debo conseguir la espada *Muteki* y me estás haciendo perder mi valiossso tiempo!

Ambos enarbolaron las espadas en el mismo instante.

El chasquido de las hojas de metal resonó por todo el patio. Eran tan hábiles en el manejo que los otros combates fueron deteniéndose; todos querían ver el enfrentamiento entre Katana y Dragon King.

Aunque él era increíblemente fuerte, ella era veloz como un rayo, y se agachaba, brincaba y se revolvía con tal celeridad que él casi no la veía.

—Acabaré contigo y encontraré la *Espada Invencible*. Entonces, ¡el mundo será mío! —aulló, cerniéndose sobre ella.

—Si no acabo yo antes contigo —respondió ella a voz en grito.

—Me equivocaba —dijo él mientras las espadas entrechocaban con tanta fuerza y velocidad que saltaban chispas—. ¡No eres tan buena como tu abuela!

Su abuela. Durante una décima de segundo, Katana pensó en su amada Onna, y eso fue todo lo que necesitó Dragon King para tomar ventaja.

—¡Toma ya! —gritó cuando arrebató de un golpe la espada de la mano de Katana—. ¡Esto es exactamente lo que le sucedió! Lo único que tuve que hacer fue mencionar que pensaba mandar a mis secuaces por su preciosa Katana... ¡y Onna se distrajo!

¿Había amenazado a su abuela diciéndole que la lastimaría a ella? La idea le resultó insoportable. Inmóvil, contempló la espada caída en el suelo. Dragon King se acercó a ella, arrastrando la pesada cola y la recogió.

—No impresiona demasiado, ¿verdad? —dijo con desdén—. Pensaba que la nieta de la primera superheroína samurái del mundo tendría algo mejor que esta baratija de espada. —La blandió sobre su cabeza—. No está mal.

Pero es muy sencilla, muy ligera. No es una espada poderosa como la mía, ni como la *Muteki*, de eso estoy seguro.

Katana contempló horrorizada cómo la lanzaba a un lado. Había ido a parar cerca de un... ¿Cangrejo Fantasma? ¿Qué hacía allí? Les había dicho que permanecieran bajo tierra.

—¿Qué es eso? —preguntó Dragon King, divertido—. ¿Un cangrejito que huye aterrorizado? Qué pintoresco.

Impávido, el cangrejo se encaró al poderoso dragón, dando un pequeño brinco antes de empezar a dar vueltas a su alrededor.

—No me iría mal un aperitivo —bromeó el villano.

De pronto, el pequeño cangrejo se convirtió en un dragón verde.

—¿Beast Boy? —susurró Katana, sin poder evitar una sonrisa.

—Tú lo has dicho. Soy yo. Y voy a combatir el fuego con fuego —declaró el chico, intentando echar llamas contra Dragon King. Como no le salió ninguna, el reptil gigante se echó a reír—. ¡Fuego con fuego! —repitió Beast Boy. Aspiró con fuerza, pero en lugar de llamas soltó un eructo largo y sonoro antes de volverse de nuevo hacia la chica—. Lo siento... —dijo, dándose un golpecito en el estómago—. El almuerzo.

—Basta de juegos —gritó Dragon King, disgustado—. ¡Tú sí que me vas a servir de almuerzo!

Agarró con fuerza a Beast Boy, y cuando ya estaba a punto de propinarle un mordisco mortal, de pronto se quedó helado y empezó a temblar como si le faltaran los poderes. Soltó al súper y entonces Katana vio que el conserje de la escuela estaba agarrándole de la cola.

–¡Huye, Parasite! –gritó Beast Boy mientras él trataba de alejarse como podía.

Katana miró al conserje, que estaba concentrado en Dragon King con una intensidad que ella nunca le había visto antes.

–Cuáaanto... poder... –gritó Parasite, negándose a soltarlo. Cuanto más fuerte lo sujetaba, mejor se sentía, absorbiendo el poder de Dragon King y debilitándolo–. Recoge la espada –le dijo por fin a Katana–. Ponte a salvo...

Antes de que ella pudiera reaccionar, el hombre cerró los ojos y, como si hubiera entrado de pronto en un coma de felicidad, cayó inmóvil al suelo.

CAPÍTULO 31

Katana notó una subida de adrenalina. Sin quitar los ojos de encima de su némesis, buscó la espada, la que Onna le había dado cuando ella era una niña. ¿Sería capaz de aguantar las embestidas de Dragon King? Pronto lo sabría.

Mientras se colocaba en posición de combate, Dragon King se levantó, debilitado, enfadado y confundido. Aunque Parasite había conseguido vaciarle sus poderes el tiempo suficiente para salvar a Beast Boy, aquella situación no duró demasiado.

—No te tengo miedo —dijo Katana. Esperaba que Dragon King no se diera cuenta de cómo le latía el corazón.

Aquella bestia se limpió la boca y gruñó. Tenía las garras largas y afiladas.

—Olvidemos el aperitivo. Iré directamente al plato principal —dijo en tono amenazador. Katana se dio cuenta de que iba recuperando la fuerza poco a poco.

Cuando las espadas se tocaron, se dispuso a luchar con todas sus fuerzas. Pero con cada golpe, cada embestida, cada gruñido de Dragon King, notaba que éste recuperaba la potencia. Ella era rápida, pero él también.

Y esto, unido a su enorme tamaño, significaba que la joven debía pensar en una nueva estrategia para derrotarlo. Pero todo sucedía tan rápido que empezó a perder concentración.

Con el rabillo del ojo, creyó ver un Cangrejo Fantasma. Y luego más. Dos, tres, cuatro. No paraban de llegar, y cada uno de ellos le enviaba el mismo mensaje, hasta que éste se hizo cada vez más claro, más estentóreo, como si fuera un canto.

Con estas espadas samuráis
confiadas a Katana
se tranquiliza la mente.

—Tranquiliza la mente —se repitió Katana—. Tranquiliza la mente.

Por un breve instante, el tiempo se detuvo y ella volvió a ser la niña pequeña que sujetaba la espada que su abuela le acababa de entregar...

«Tatsu —dijo Onna—. Algún día serás lo bastante grande y fuerte para hacer de esta espada tu compañera. Y cuando lo hagas, recuerda que son un equipo. La espada te guiará, tal como tú la guías a ella. No te precipites. No tengas prisa. Fúndete con tu arma. La tranquilidad gobierna el caos.»

Katana se dio la vuelta para enfrentarse a Dragon King, que sonreía con los ojos desnudos y blancos.

—Tranquilidad —se susurró a sí misma.

Cerró los ojos y oyó que Dragon King se echaba a reír.

—Pobre inocente —decía en tono burlón, como si hablara con un niño pequeño—. Cerrando los ojos no conseguirás hacerme desaparecer.

Los ojos de Katana se abrieron de pronto. Una expresión de determinación apareció en su rostro. Se agachó con una pierna estirada y a continuación ejecutó un salto magistral, aterrizando silenciosamente en el terreno más cercano a su oponente. Blandió la espada por encima de su cabeza. Pero en vez de agitarla de manera salvaje como antes, hizo lo contrario. La blandió con delicadeza. Tras dar unas vueltas en círculo alrededor de Dragon King, buscó el momento ideal y lo embistió, luchando espada contra espada con tal potencia que parecía una tormenta de fuego.

Katana no dejó que los rugidos de rabia y frustración de su contrincante la distrajeran. En vez de esto, se concentró en simplificar el combate. No malgastó ni un aliento, ni un movimiento. Parecía que la espada la guiara, o tal vez fuera al revés. Aquella espada tan sencilla, que le había pertenecido durante la mayor parte de su vida, actuaba como si tuviera vida propia. En sus manos, por primera vez, no sólo era una espada, sino una extensión de ella misma y de todos sus objetivos y sueños. Katana no luchaba sólo para sí misma, luchaba por todas y cada una de las personas a las que su enemigo había dañado o dañaría en el futuro si lograba vencerla.

Dragon King alzó su pesada espada, pero en vez de echarse atrás, la joven permaneció plantada en el suelo. Se preparó, y cuando el villano bajó su arma para aplastarla, la espada de Katana cortó el aire. Con un impacto metálico tan estruendoso que los edificios temblaron, la capitana de esgrima de Super Hero High hizo caer la espada de la poderosa mano de Dragon King.

El arma salió disparada por los aires, y antes de que tocara el suelo, Katana lanzó un golpe lateral volador que derribó al enorme reptil. La chica levantó la espada como si fuera a matar al dragón malvado y, en aquel instante, durante una décima de segundo, pareció que el traje de superheroína se convertía en el de un majestuoso soldado samurái, con una flor de bola de nieve decorándole el casco.

—¿Onna-bugeisha? —dijo Dragon King con la voz llena de miedo y sorpresa—. ¿Estás viva?

El imponente reptil estaba temblando.

—¡No me mates! —suplicó—. ¡Onna, amiga mía, no me mates!

Katana respiró hondo. Dragon King parpadeaba incrédulo... Hubiera jurado que la armadura volvía a convertirse en el traje habitual de superheroína de Katana. Fue entonces cuando ella declaró con voz clara y orgullosa:

—Soy Katana, nacida Tatsu Yamashiro, nieta de Onna-bugeisha Yamashiro, la primera superheroína samurái. ¡Voy a vengar el daño que infligiste a mi abuela y a muchos más!

—Piedad, ten piedad —suplicó Dragon King—. Noble nieta de Onna-bugeisha Yamashiro, te lo sssuplico, ¡muestra tu compasión!

—¿La compasión que tú mostraste con mi abuela? —preguntó Katana con los ojos en llamas. De pronto, el haiku se desplegó en su mente como una brisa suave.

> Con estas espadas samuráis
> confiadas a Katana
> se desarrolla la historia.
> Con estas espadas samuráis
> confiadas a Katana
> se prepara la batalla.

Con estas espadas samuráis

confiadas a Katana

se tranquiliza la mente.

Katana miró a su alrededor. Mil ojos la observaban. Sus amigos, sus compañeros súpers, sus profesores, la directora Waller.

Se tranquiliza la mente.

Cuando Katana lanzó la estocada, su enemigo estaba llorando. Pero en lugar de acabar con él, la hoja apenas le causó un pequeño corte. Como si fuera un neumático ponchado, el ser monstruoso se desinfló, y la bestia enorme pensada para la destrucción se convirtió en un pequeño lagarto. El poder que alimentaba a Dragon King y a sus mutantes se disipó. Los miembros de su ejército también se habían convertido en lagartijas. Entonces, los Cangrejos Fantasma salieron de sus escondrijos y ahuyentaron a Dragon King y al resto de su ejército.

Katana aspiró con fuerza y soltó el aire, aliviada. Pero entonces oyó a alguien que gemía. Era Parasite.

Mientras Wonder Woman lideraba a un equipo para asistir a los súpers heridos, Poison Ivy llegó primero al lugar donde estaba Parasite, seguida de cerca por Beast Boy y Supergirl.

—¿Se pondrá bien? —preguntó la kryptoniana.

—Todo ha sido culpa mía —se lamentó el chico.

—Dejen un poco de espacio —dijo Katana.

Ivy se arrodilló junto al conserje, que tenía la piel de color ceniza. Bumblebee llegó volando con un cesto de mimbre lleno de flores y hierbas.

—Respire —susurró Poison Ivy, y le puso un puñado de hierbas alteradas científicamente bajo la nariz.

Bumblebee le tomó el pulso.

Por fin, Parasite empezó a moverse y Katana pudo respirar aliviada una vez más. Hawkgirl alzó al conserje del suelo y lo llevó en volandas a la sala de urgencias del Hospital General de Metrópolis, flanqueada por un grupo de súpers. Katana, por su parte, se quedó donde estaba, consciente de que el hombre se hallaba en buenas manos.

Parada en el lugar donde había derrotado a Dragon King, la invadía una mezcla de emociones. Sólo entonces se dio cuenta de que los Cangrejos Fantasma habían vuelto. Estaban alineados en formación delante de ella, y eran más de un centenar.

La joven sonrió a sus pequeños amigos, pero no estaba preparada para lo que iba a suceder a continuación.

CAPÍTULO 32

Uno a uno, los Cangrejos Fantasma se transformaron en versiones etéreas de los guerreros samuráis que una vez habían sido. Fuertes y nobles, se inclinaron ante ella, que había liderado a un ejército de súpers en la batalla para defenderlos.

Uno de ellos dio un paso adelante.

—Estamos en deuda contigo —dijo. Aunque era fuerte y apuesto, tenía una expresión de cansancio—. La leyenda Heikegani es cierta. Como Cangrejos Fantasma, somos la reencarnación de los distinguidos samuráis que murieron en la batalla. Ya no buscamos venganza, sólo pedimos vivir nuestra siguiente vida en paz y tranquilidad. Y queremos estar seguros de que nuestras espadas, que tan admirablemente nos sirvieron, están a salvo de los peligros y la maldad. Son, de hecho, una parte de nosotros y representan a quienes fuimos y cómo seremos recordados.

La chica se había quedado sin habla.

—Gracias, Katana —continuó—, por proteger las espadas como sólo la nieta de una superheroína samurái podría haberlo hecho. Sabíamos que podíamos depositar nuestra confianza en ti.

Todavía incapaz de responder, ella asintió con la cabeza.

—Y ahora, con toda la humildad, ¿podemos pedirte un último favor? —preguntó el soldado samurái.

Katana volvió a asentir.

—Sería un honor para nosotros que llevaras las espadas de vuelta al templo sumergido, allí permanecerán en paz durante toda la eternidad. ¿Puedes hacerlo?

—Sí —prometió—. Puedo y lo haré.

—Estaremos para siempre en deuda contigo —dijo el samurái, dando un paso atrás para reunirse con los otros. Entonces, al unísono, todos los guerreros samuráis se inclinaron una vez más ante la nieta de Onna-bugeisha Yamashiro.

Bajo la mirada incrédula de Katana y el resto de los alumnos de Super Hero High, los fantasmales guerreros samuráis volvieron a convertirse en Cangrejos Fantasma.

—Están ansiosos por regresar a la calma del más allá —dijo Miss Martian, que había aparecido al lado de Katana.

—Después de tantas batallas, merecen tener paz —señaló la nieta de la superheroína samurái—. Me aseguraré de que las espadas quedan a salvo de personajes como Dragon King. —Miró a sus amigos—. ¿Quién me ayudará a transportarlas de manera segura al templo de las espadas sagradas y a fortificarlo?

Al instante, todo el mundo alzó la mano.

—Vamos, Cangrejos Fantasma —dijo Bumblebee—, los llevaré al acueducto.

—¡Y yo me convertiré en pez espada para acompañarlos al templo! —se ofreció Beast Boy, y añadió—: Pez espada. Espada. Pez. ¿Lo entienden? ¡Pez espada!

Wonder Woman se echó a reír.

—¡Yo volaré mientras ustedes viajan bajo el mar para protegerse de cualquier peligro que pueda venir de arriba!

Y así, todos los súpers fueron dando cuenta a los Cangrejos Fantasma de cómo iban a ayudarlos.

—Esperaremos a que vuelva a bajar el agua —aconsejó Batgirl—. Así los cangrejos podrán volver al mar del mismo modo que llegaron.

Todos fueron depositando las espadas en el mismo lugar. Las que habían resultado dañadas fueron enderezadas por Wonder Woman, soldadas por la visión calórica de Supergirl o martilleadas por Harley con su mazo. Las joyas que faltaban fueron sustituidas por otras que Star Sapphire tenía en su reserva personal de gemas.

Mientras tanto, Batgirl trazaba la mejor ruta para llegar al templo. Utilizando una conexión satélite BAT por sonar, consiguió acceder a la localización sumergida del templo escondido.

—¡Va a quedar un especial de video explosivo! —dijo Harley mientras reparaba una espada vieja—. Eh, señor Cangrejo Fantasma, ¿le importa que le haga una entrevista?

Pero los cangrejos iban demasiado deprisa incluso para Harley Quinn. Además, preferían estar en otro lugar.

—Ya vuelve a bajar el agua —informó Parasite.

Poison Ivy se le acercó corriendo y le entregó un ramo de flores. Él lo rechazó, pero Katana se dio cuenta de que disimulaba una sonrisa y recuperaba su acostumbrada expresión de cascarrabias.

—¡Ya vuelve a bajar el agua! —dijo Katana, haciéndose eco de Parasite. Sabía lo que significaba—. Beast Boy, reúne a los Cangrejos Fantasma. ¡Ha llegado la hora!

El chico le dedicó una sonrisa traviesa. Pero al ver al conserje herido, se puso inusitadamente serio.

—Gracias, señor.

—¿Por qué? —preguntó Parasite. Respiró otra bocanada del colorido ramo de flores que Poison Ivy había infundido de aromas curativos.

—Por salvarme la vida —dijo Beast Boy. Parecía a punto de echarse a llorar. Dio un paso adelante para abrazar al conserje, pero el hombre retrocedió.

—Claro, chico. De nada... Pero es probable que ésta sea la última vez que me veas. Si alguien pregunta por mí, dile que Parasite no era tan malo, a fin de cuentas.

—Así lo haré —dijo Beast Boy, desconcertado.

—¿Adónde va? —preguntó Katana—. ¿Por qué no vamos a verlo más?

—¿Se va de vacaciones? —inquirió Poison Ivy.

—¿De vacaciones? —se burló Parasite—. Ésta sí que es buena. Noooo, lo más probable es que vuelva a la cárcel. Uno de los términos de mi libertad condicional era que nunca volviera a utilizar mi superpoder, el poder de vaciar a los demás de sus superpoderes.

—¡Pero lo hizo para salvarme! —protestó Beast Boy.

—Sí —murmuró el hombre—, pero las reglas son las reglas. Ya sabes cómo es The Wall.

Para asegurarse de que las espadas regresaban sin percances a su lugar de origen, cada súper transportó y vigiló aquella con la que había luchado. Esto significaba que algunos irían volando, otros corriendo y otros se teletransportarían, pero, en cualquier caso, todos se reunirían en el mismo destino final.

El pez espada en que se había convertido Beast Boy sería el encargado de llevar a los Cangrejos Fantasma desde Super Hero High hasta el templo, para que pudieran comprobar que sus espadas estaban a salvo antes de continuar su viaje hacia la paz y la tranquilidad.

Mientras sus amigos y compañeros se preparaban para el viaje a la otra punta del mundo, Katana se acercó al terreno donde Dragon King había caído. Había señales de la batalla por todas partes, pero la sensación era la de un día nuevo y vigorizante. El mundo volvía a parecer seguro.

Al percibir una presencia, la joven se volvió. No había nadie.

—¿Miss Martian? ¿Eres tú?

Como no obtuvo respuesta, bajó la mirada y descubrió un Cangrejo Fantasma. Estaba solo. La máscara que llevaba grabada en la caracola le resultaba familiar.

—Todos se van —dijo ella—. ¡Es mejor que te des prisa para no perderlos! Yo iré enseguida.

—Katana —oyó decir a una voz familiar—. Tatsu.

CAPÍTULO 33

Katana contempló cómo el pequeño Cangrejo Fantasma cambiaba ante sus ojos. Ante ella surgió la samurái más majestuosa y radiante que había visto nunca.

—Abuela —sollozó. El corazón le latía con tanta fuerza que pensó que le iba a estallar—. Onna...

—Querida Katana, cariño mío —dijo su abuela. La joven recordó la melodía amable de su voz. Onna lucía el uniforme de samurái que Dragon King le había visto puesto a Katana en el momento en que lo había derrotado. La flor de bola de nieve parecía tan fresca como si la acabaran de arrancar del Jardín de la Armonía.

Se sorprendió al ver que era más alta que Onna, hasta que recordó que no la veía desde que era niña. Su abuela sonreía con calidez.

—Desenfunda la espada —le dijo.

Katana obedeció, y se le agrandaron los ojos al ver que la espada comenzaba a brillar.

—¿Cómo? ¿Es ésta...?

—Sí —dijo Onna, asintiendo—. Mi queridísima nieta, todo este tiempo has tenido en tu poder la espada *Muteki*.

Sólo un verdadero superhéroe samurái puede empuñar esta arma invencible. En manos de cualquier otro, es una espada vulgar. Cuando te enfrentaste a Dragon King, demostraste tu valía. La venganza es fácil, pero perdonar a un enemigo requiere todavía más coraje.

Cuando Onna-bugeisha Yamashiro se inclinó ante ella, Katana sintió que su alma se llenaba de orgullo y de felicidad... y, por encima de todo, de amor.

—Oh, Onna —lloró—. ¡Cómo te he echado de menos!

Su abuela le dio la mano y le susurró algo al oído. Cuando Katana iba a preguntarle lo que significaba, Onna volvió a convertirse en un Cangrejo Fantasma y, en apenas un instante, desapareció.

CAPÍTULO 34

Beast Boy, el pez espada, viajó por mar, y protegidos desde el cielo por Supergirl y Wonder Woman, los Cangrejos Fantasma surcaron las corrientes del océano en dirección a Japón. Haciendo honor a su palabra, los súpers llevaron las cien espadas de los Cangrejos Fantasma hasta el templo de las espadas sagradas, siendo la líder de la expedición la súper número 101, Katana, la superheroína samurái, nieta de la legendaria Onna-bugeisha Yamashiro, que empuñaba con orgullo su propia espada, la espada *Muteki*.

—Estamos aquí para proclamar al Héroe del Mes —anunció la directora Waller desde el estrado. El auditorio estaba hasta el tope de súpers. En la parte posterior de la sala, Parasite sujetaba la escoba.

Katana estaba sentada entre Harley Quinn y Batgirl. Aunque ya había pasado una semana desde la partida de los Cangrejos Fantasma, seguía pensando en ellos constantemente, sobre todo en uno en concreto.

—¡Katana! —atronó Waller, y Harley giró de inmediato la cámara de video hacia ella—. ¡Superheroína del Mes de Super Hero High!

Las porras y aplausos resonaron por toda la sala, al tiempo que Beast Boy iniciaba el cántico de «Ka-ta-na, Ka-ta-na».

Liberty Belle hizo una seña a la chica desde el estrado, donde los profesores estaban sentados. Cuando ella tomó el micrófono, la maestra susurró:

—¿Te acuerdas del proyecto del legado? ¡Sobresaliente. ¡Esta batalla entrará en los libros de historia!

Abrumada, Katana observó el mar de rostros que la miraban expectantes. Había visto a sus amigas Wonder Woman, Supergirl y Batgirl recibir aquel honor, pero nunca había soñado con que un día fuera a ser ella la homenajeada.

—Katana, estamos en deuda contigo —dijo Waller con gravedad, enmudeciendo al auditorio—. Tuviste la fuerza y la inteligencia para derrotar a un famoso villano que había causado estragos en muchas ocasiones. Y, al enseñar a tus compañeros el manejo de la espada y las artes marciales, has aumentado sus habilidades ya de por sí formidables. Dirígenos unas palabras, por favor...

Katana se acercó al micrófono. Abrió la boca para hablar, pero fue incapaz de hacerlo. Hablar en público sobrecogía tanto como una batalla, pensó. Las ideas se le acumulaban en la mente. Entonces cerró los ojos y trató de calmarse. «Tranquilidad.»

Cuando volvió a abrirlos, vio que sus amigos la miraban expectantes.

—Este honor me abruma —empezó, dirigiendo un gesto a la directora Waller. La voz le flaqueaba por la emoción, pero continuó hablando–. Dedico este premio a los héroes y a los samuráis, sean súpers o no, y a todo aquel que ha corrido peligro combatiendo el mal, salvando vidas y haciendo del mundo un lugar mejor.

A medida que iba hablando, se fue tranquilizando. Su voz sonaba cada vez más potente.

–Una mujer muy sabia me dijo recientemente que cuando un guerrero piensa que posee la *Espada Invencible* combate mejor, con más seguridad y con más fuerza, intentando hacer honor a todo su potencial. –Katana sonrió a sus amigos–. Esto es lo que percibí al observaros a todos durante la batalla contra Dragon King y su ejército. Ustedes, camaradas súpers, quisieron hacer honor al potencial de la *Muteki*, pero ese potencial ya lo llevaban dentro. –Todo el mundo se irguió un poco más–. Las espadas no los hicieron más fuertes, ustedes hicieron fuertes a las espadas.

Se produjo un silencio, durante el cual todos reflexionaron sobre estas palabras. Con los dedos, Katana tocó ligeramente el mango de su espada, y a continuación empezó a aplaudir a sus amigos. Los profesores la imitaron y se pusieron en pie para aplaudir a sus alumnos, y la sala no tardó en estallar en más porras y aplausos.

Katana hizo un gesto, pidiendo silencio. Apartó el micrófono, ya no lo necesitaba.

–Quiero compartir este honor con alguien... Miss Martian, por favor, acompáñame en el escenario. –Aunque no la veía, notaba su presencia–. Todos han forzado los límites y han ido más allá de su fuerza y sus poderes durante esta aventura, sobre todo Miss Martian. ¡Gracias a ella, pude comunicarme con los Cangrejos Fantasma y derrotar a Dragon King!

Las ovaciones volvieron a resonar cuando la chica de Marte se hizo visible. Sonreía... y se había sonrojado.

—Y también lo quiero compartir con Parasite —continuó Katana—. Que arriesgó su vida para salvarnos a Beast Boy y a mí, y sin el cual tal vez habríamos perdido esta batalla. Acompáñeme, por favor.

El conserje parecía reacio a dar el paso. Negaba con la cabeza.

—Parasite, por favor —insistió la joven, dirigiéndole una mirada amistosa.

Mientras Beast Boy iniciaba el cántico de «¡Pa-ra-si-te!», el conserje, que todavía iba vendado, se dirigió al estrado, intentando no mirar al comisario de policía Gordon, que avanzaba hacia él a grandes zancadas y con aspecto serio.

—Parasite —dijo Gordon, deteniéndolo. El conserje, derrotado, tendió las manos para que le pusiera las esposas. Sin embargo, el comisario se limitó a darle un apretón de manos, pero muy deprisa, como si no quisiera que el otro le vaciara la energía—. Metrópolis y el mundo entero te dan las gracias por el papel que has desempeñado en la victoria sobre Dragon King.

Parasite alzó la mirada, atónito.

—¿No voy a volver a la cárcel?

—No sólo no vas a volver —dijo el comisario Gordon—, ¡sino que vas a recibir una mención honorífica de la ciudad de Metrópolis!

Parasite miró a la directora Waller, que añadió:

—Te has ganado una semana extra de vacaciones, pero espero que vuelvas a tu puesto cuando haya terminado.

—¡Atención! —gritó Katana por encima de los aplausos—. ¡Exhorto a todos a honrar y respetar a aquéllos que han allanado el camino para que ustedes fueran superhéroes, superamigos y superciudadanos del mundo!

—¡Esto es genial! —gritó Harley, que lo grababa todo en video—. ¡Va a quedar un programa especial sensacional!

Aunque Katana sonreía, sentía el corazón lleno y vacío a la vez.

—Onna —susurró—. Gracias. Por todo.

En aquel momento, su espada brilló una vez más.

EPÍLOGO

Cuando la asamblea concluyó y los súpers ya volvían a las clases, Miss Martian se acercó corriendo a Katana y le dijo:

—¿Te acuerdas de la caja de madera que fabricaste en clase de June Moone? ¿El rompecabezas que me regalaste?

Al principio, Katana no supo de qué le estaba hablando. Había pasado mucho tiempo. Pero luego se acordó.

—Pues bien —continuó su amiga, complacida—. ¡Al final pude resolverlo y lo abrí! ¿Adivinas lo que había dentro?

Katana se encogió de hombros, como diciendo: «Dímelo tú».

—¡Esto! —respondió Miss Martian, sosteniendo un pequeño objeto en la mano.

La súper asiática se quedó mirándolo. Era una pequeña talla de caracola. ¿La había hecho ella? Seguro que sí, pero era muy raro que no hubiera sido consciente de lo que estaba haciendo.

—Ya lo sé —dijo Miss Martian, como si le estuviera leyendo el pensamiento. Katana confiaba en que su amiga no haría una cosa semejante sin avisar, pero tenía que reconocer que, llegados a ese punto, se trataba de una deducción bastante obvia. La joven de Marte continuó—: Pero tal vez, en tu interior, sabías que algún día la caracola sería muy importante para ti. Y así fue. —Colocó la caracola de madera en la palma de la mano de Katana—. Te la devuelvo —dijo sonriendo, y luego añadió—: ¡Pero me quedo con la caja!

Justo en aquel momento, un grupo de chicas se unió a ellas. Todas estaban de un humor excelente. Es lo que solía pasar al final de las asambleas en las que se elegía al Héroe del Mes, sobre todo cuando alguien del grupo resultaba ser el homenajeado. Las chicas charlaban, reían y felicitaban a Katana. Entonces oyeron bromear a Harley.

—¡Socorro! —gritaba la súper mediática—. ¡Que alguien me ayude!

—Esta chica es tremendísima, siempre está de broma—dijo Supergirl.

—¡Socorro! —seguía gritando Harley.

Sin embargo, cuando las otras doblaron la esquina, no la vieron por ninguna parte. Y su eterna cámara de video estaba tirada en el suelo.

Batgirl se apresuró a recogerla y miró la pantalla.

En ella, Harley gritaba a pleno pulmón: «¡Socorro! ¡Que alguien me ayude!». Y la escena se repetía una y otra vez.

—¡Parece que esta vez va en serio! —exclamó Batgirl.

—¡Espera! —dijo Supergirl—. Miren.

Las chicas se arremolinaron alrededor de la pequeña pantalla de la cámara. Harley volvía a sonreír. «¡Cayeron! –decía sonriendo–. Estoy perfectamente, sólo era una...»

Pero entonces vieron que una sombra se cernía sobre ella y de pronto la pantalla se apagó.

Continuará...

Mieke Kramer

La primera novela de Lisa Yee, *Millicent Min, Girl Genius*, ha sido galardonada con el prestigioso Sid Fleischman Humor Award, y ya cuenta con cerca de dos millones de ejemplares publicados. Otras novelas de la escritora dirigidas a jóvenes son *Standford Wong Flunks Big-Time*; *Absolutely Maybe*; *Bobby vs Girls (Accidentally)*; *Bobby the Brave (Sometimes)*; *Warp Speed*; *The Kidney Hypothetical: Or How to Ruin Your Life in Seven Days*. Lisa Yee también es autora de la serie Kanani de American Girl, *Good Luck, Ivy*, y de la serie 2016 Girl of the Year.

Lisa ha sido escritora residente del Thurber House Children's, y sus libros han sido seleccionados como mejor lectura de verano por la NPR Books y como mejor lectura de verano para niños por *Sports Illustrated* y Critics' Pick de *USA Today*, entre otros.

Para más información sobre la autora, visita: LisaYee.com.

Las aventuras de Katana en Super Hero High de Lisa Yee
se terminó de imprimir en agosto de 2017
en los talleres de
Litográfica Ingramex, S.A. de C.V.
Centeno 162-1, Col. Granjas Esmeralda, C.P. 09810
Ciudad de México.